蔡東藩 著

明史演義

從胡虜縱火至塞外敗亡

不才何事令專征，二十萬軍一旦傾。
從此遼東無靜日，庸臣誤國罪非輕。

外亂內政連番、外交無人可用、朝野黨禍旋興……
明豈獨能免禍乎！

目錄

第六十一回　復河套將相蒙冤　擾都門胡虜縱火 …… 005

第六十二回　追狡寇庸帥敗還　開馬市藎臣極諫 …… 017

第六十三回　罪仇鸞剖棺正法　劾嚴嵩拚死留名 …… 029

第六十四回　卻外寇奸黨冒功　媚乾娘義兒邀寵 …… 041

第六十五回　胡宗憲用謀賺海盜　趙文華弄巧忤權奸 …… 053

第六十六回　汪寇目中計遭誅　尚美人更衣侍寢 …… 065

第六十七回　海剛峰剛方絕俗　鄒應龍應夢劾奸 …… 075

第六十八回　權門勢倒禍及兒曹　王府銀歸途逢暴客 …… 085

第六十九回　破奸謀嚴世蕃伏法　剿宿寇戚繼光衝鋒 …… 095

目錄

第七十回　誤服丹鉛病歸冥籙　脫身覊紲悵斷鼎湖……107

第七十一回　王總督招納降番　馮中官訴逐首輔……117

第七十二回　莽男子闖入深宮　賢法司力翻成案……129

第七十三回　奪親情相臣嫉諫　規主闕母教流芳……139

第七十四回　王宮人喜中生子　張宰輔身後籍家……151

第七十五回　侍母膳奉教立儲　惑妃言誓神緘約……161

第七十六回　據鎮城繼氏倡亂　用說客叛黨駢誅……171

第七十七回　救藩封猛攻平壤　破和議再戰島山……181

第七十八回　虎將征蠻破巢誅逆　蠹魚食字決策建儲……193

第七十九回　獲妖書沈一貫生風　遣福王葉向高主議……203

第八十回　審張差宮中析疑案　任楊鎬塞外覆全軍……215

第六十一回 復河套將相蒙冤　擾都門胡虜縱火

卻說嚴嵩父子，跪在夏言榻前，淚珠似雨點一般，灑將下來，婦女慣會落淚，不意堂堂宰相，也與婦女相等，故孔子謂小人女子，皆為難養。夏言再三請起，嚴嵩道：「少師若肯賞臉，我父子方可起來。」夏言明知為參奏事，恰不得不問著何故？嚴嵩方將來意說明，世蕃又磕頭哀求，自陳悔過。夏言笑道：「這事想是誤傳了，我並無參劾的意思，請賢橋梓一概放心！」嚴嵩道：「少師不可欺人。」夏言道：「大丈夫一言既出，駟馬難追，儘管放心起來，不要折煞我罷！」言必踐信，原是君子所為，但施諸小人，未免失當。嚴嵩父子，方稱謝而起。彼此又談數語，方才告別。夏言只說了「恕送」二字，依舊擁被坐著。架子太大。嚴嵩歸家，暗想世蕃雖得免劾，總不免受言所辱，意中很是懷恨，日與同黨陰謀，設計害言。言卻毫不及覺。有時言與嵩入直西苑，世宗屢遣

第六十一回　復河套將相蒙冤　擾都門胡虜縱火

左右宮監，伺察二人動靜，無非好猜。與言相遇，言輒傲然不顧，看他似奴隸一般；轉入嵩處，嵩必邀他就座，或相與握手，暗中便把黃白物，塞入宮監袖中。本是儻來物，何足愛惜。看官！你想錢可通神，何人不愛此物？得人錢財，替人消災，自然在世宗面前稱讚嚴嵩的好處。那夏言不但沒錢，還要擺著架子，逞些威風，大家都是恨他，背地裡常有怨聲，世宗問著，還有何人與言關切，略短稱長；而且設醮的青詞，世視為非常鄭重，平日所用，必須仰仗二相手筆，言年漸衰邁，又因政務匆忙，無非令幕客具草，糊糊塗塗的呈將上去，世宗每看不入眼，棄擲地上。嵩雖年老，恰有兒子世蕃幫忙，世蕃狡黠性成，善能揣摩帝意，所撰青詞，語語打入世宗心坎中，世宗總道是嚴嵩自撰，所以越加寵幸。只世蕃仗著父勢，並沒有改過貪心，仍舊伸手死要，嚴嵩倒也告誡數次，偏世蕃不從，嵩恐夏言舉發，上疏遣世蕃歸家。世宗反馳使召還，加授世蕃太常寺少卿。世蕃日橫，嵩因見主眷日隆，索性由他胡行罷了。這且慢表。

且說嘉靖三年，大同五堡兵作亂，誘韃靼部入寇，雖經僉都御史蔡天祐等，撫定叛眾，只韃靼兵屢出沒塞外。韃靼勢本中衰，至達延可汗嗣立（達延可汗系脫古思帖木兒六世孫），頗有雄略，統一諸部，自稱大元大可汗，復南下略河套地，奄有朔漠，分漠南漠北為二部。漠北地封幼子札賚爾，號為喀爾喀部，漠南地分封子孫，令次子巴爾色

006

居西部，賜名吉囊（亦作濟農。吉囊二字，是副王的意思）。嫡孫卜赤居東部，號為察哈爾部，達延汗歿，卜赤嗣為可汗，巴爾色亦病死，子究弼哩克襲父遺職，移居河套，為鄂爾多斯部的始祖，巴爾色弟俺答，居陰山附近，為土默特部的始祖，彼此不相統屬。未幾究弼哩克又死，俺答並有二部，勢日強盛，與究弼哩克子狼台吉，屢寇明邊。明將發兵抵禦，互有勝負（約略敘明）。嘉靖二十五年，兵部侍郎曾銑，總督陝西三邊軍務，銳意圖功，輒有殺獲。且建議規復河套，上書力請道：

寇居河套，侵擾邊鄙，今將百年。出套則寇宣大三關，以震畿服；入套則寇延寧甘固，以擾關中，深山大川，勢固在彼而不在我。臣枕戈汗馬，切齒痛心，竊嘗計之：秋高馬肥，弓勁矢利，彼聚而攻，我散而守，則彼勝；冬深水枯，馬無宿藁，春寒陰雨，壤無燥土，彼勢漸弱，我乘其敝，則中國勝。臣請以銳卒六百，益以山東槍手二千，多備矢石，每當秋夏之交，攜五十日之餉，水陸並進，乘其無備，直搗巢穴。材官驍發，炮火雷擊，則彼不能支。歲歲為之，每出益勵，彼勢必折，將遁而出套之恐後矣。俟其遠出，然後因祖宗之故疆，修築墩隍，建置衛所，處分成卒，講求屯政，以省全陝之轉輸，壯中國之形勢，此中興之大烈也。夫臣方議築邊，又議復套者，以築邊不過數十年計耳。復套則驅斥凶殘，臨河作陣，乃國家萬年久遠之計，唯陛下裁之！

第六十一回　復河套將相蒙冤　擾都門胡虜縱火

這疏呈入，有旨下兵部復議。兵部以築邊復套，俱系難事，兩事相較，還是復套為難，築邊較易，請先事築邊，緩圖復套。世宗轉問夏言，言獨請如銑議。世宗乃頒諭道：

「河套久為寇據，乘便侵邊，連歲邊民，橫遭荼毒，朕每宵旰憂勞，可奈邊臣無策，坐視遷延，沒一人為朕分憂。今侍郎曾銑，倡議復套，志慮忠純，深堪嘉尚，但作事謀始，輕敵必敗，著令銑與諸邊臣，悉心籌議，務求長算。兵部可發銀三十萬兩與銑，聽他修邊餉兵，便宜排程，期踐原議，勿懈初衷！」敘入此諭，見得世宗初意，本從銑奏。

銑得諭後，自然募集士卒，添築寨堡，忙碌了好幾月，督兵出寨，擊退寇眾，斬馘數十人，獲牛馬橐駝九百有五十，械器八百五十餘件，上表奏捷。世宗按功增俸，並賜白金紵幣有差。曾銑遂會同陝西巡撫謝蘭，延綏巡撫楊守謙，寧夏巡撫王邦瑞，及三鎮總兵，協定復套方略，且條陳機要，附上營陣八圖，世宗很是嘉納。奏下，兵部尚書王以旂等，亦見風使帆，復陳曾銑先後奏請，均可施行云云。

會值大內失火，方后崩逝（應上次），世宗頗加戒懼，命釋楊爵等出獄，應五十九

回。一面詔求直言。那時陰賊險狠的嚴嵩，得了機會，疏陳：「災異原因，由曾銑開邊啟釁，誤國大計所致。夏言表裡雷同，淆亂國事，應同加罪懲處，借迓天麻。」東拉西扯，毫沒道理。嵩疏一上，廷臣遂陸續上本，大都歸咎銑、言兩人。明明是嚴嵩主使。世宗竟背了前言，別翻一調，諭言：「逐賊河套，師果有名否？兵食果有餘，成功可必否？一曾銑原不足惜，倘或兵連禍結，塗炭生靈，試問何人負責」等語。接連是罷夏言官，逮銑詣京，出兵部尚書王以旗，凡從前與議復套官吏，分別懲罰。世宗自問應否加罰？一番攘外安內的政策，片刻冰消。

這嚴嵩心尚未足。定要藉著此事，害死夏言，方肯罷休。先是咸寧侯仇鸞，（仇鉞子。）鎮守甘肅，素行貪黷，為銑所劾，逮入京師下獄。鸞與嵩本是同黨，嵩遂從中設法，暗令子世蕃替鸞草疏，辯訴冤屈，並誣銑剋扣軍餉，納賄夏言，由言繼妻父蘇綱過付，確鑿無訛。世宗到此，也未嘗徹底查究，便飭法司讞案，援照交結近侍律，斬銑西市，妻子流二千里。世宗有智略，頗善用兵，性尤廉潔，死後家無餘資，都人俱為稱冤，唯嚴嵩以下一班走狗，扳倒曾銑，就是扳倒夏言。銑既坐斬，言自然不能免罪了。當下有詔逮言，言才出都抵通州，聞銑已定讞，吃一大驚，從車上跌下，忍痛唏噓道：「這

第六十一回　復河套將相蒙冤　擾都門胡虜縱火

遭我死了。」在途次繕著奏疏，痛詆嚴嵩，略謂：「仇鸞方系獄中，皇上降諭，未及二日，鸞何從得知？此必嚴嵩等詐為鸞疏，構陷臣等。嚴嵩靜言庸違似共工，謙恭下士似王莽，奸巧弄權，父子專政，似司馬懿，臣之生命，在嚴嵩掌握，唯聖恩曲賜保全。」你從前何不預劾，至此已是遲了。疏才繕定，緹騎已到，即就逮至京，把繕好的奏摺，浼人呈入，世宗不理，無非是擲向地上。命刑部援曾銑律，按罪論死。尚書喻茂堅，頗知夏言的冤情，因世宗信嵩嫉言，不便替他訴冤，只好將議貴議能的條例，復陳上去，請將言罪酌減。世宗覽畢，憤憤道：「他應死已久了，朕賜他香葉冠，他不奉旨，目無君上，玩褻神明，今日又有此罪，難道還可輕恕麼！」尚記得香葉冠事，煞是可笑。隨批斥茂堅，說他不應包庇。嵩聞刑部主張減罪，恐言或從此得生，正擬再疏架害，適值掩答寇居庸關，邊報到京，遂奏稱居庸告警，統是不肯放鬆，小人之害人也如此。夏言等主張復套，以致速寇。這道奏章，彷彿縣夏言的催命符，竟由世宗准奏，置言重關，言妻蘇氏流廣西，從子主事克承，從孫尚寶丞朝慶，盡行削籍。於是嚴嵩得志，獨攬大權，世宗雖自南京吏部，召入張治，命為禮部尚書，兼文淵閣大學士，並命李本為少詹事，兼翰林院學士，兩人入閣，一個是疏不間親，一個是卑不敵尊，無非是聽命嚴嵩，唯唯諾諾罷了。也是保身之道，否則即被逐出。

010

且說俺答入寇居庸，因關城險阻，不能得手，便移兵犯宣府，把總江瀚，指揮董暘，先後戰死，寇遂進逼永寧。大同總兵官周尚文，督師截擊，仗著老成勝算，殺敗寇眾，戮一渠帥，俺答乃倉皇遁去。嚴嵩父子，與尚文又有宿憾，屢圖傾陷，幸喜邊患方深，世宗倚重尚文，未遭讒害。哪知天不假年，將星遽隕，死後應給卹典，偏被嚴嵩中沮，停止不行。給事中沈束，上書代請，忤了嚴嵩，奏請逮獄。束妻張氏，留住京師，無論風霜雨雪，總是入獄探望，所有獄中費用，全仗十指的針繡，易錢繳納，獄卒頗也加憐，不忍意外苛索。小卒猶懷悲感，大相偏要行凶。張氏一日上書道：

臣夫家有老親，年已八十有九，衰病侵尋，朝不計夕。臣妾欲歸奉舅，則夫之粥無資，欲留奉夫，則舅又旦夕待盡，輾轉思維，進退無策，臣願代夫繫獄，令夫得送父終年，仍還赴繫，實唯陛下莫大之德，臣夫固銜感無窮，臣妾亦叨恩靡既矣。

這疏求法司代呈，法司亦悚然起敬，附具請片，一併呈入。偏偏世宗不許，原來世宗深嫉言官，每以廷杖遣戍，未足深創，特命他長繫獄中，為懲一儆百計，且令獄卒日夕監囚，無論語言食息，一律報告，就是戲言諧語，亦必上聞。沈束一繫至十八年，但聞獄簷上面，鵲聲盈耳，束謾語道：「人言鵲能報喜，我受罪多年，何來喜信，可見人

第六十一回　復河套將相蒙冤　擾都門胡虜縱火

言都是無憑呢。」這句話，報入大內，世宗忽記起張氏哀詞，竟心動起來，當命將沈束釋獄。夫婦跟蹌回家，江山依舊，景物全非，老父已病死數年了。兩人嚎啕慟哭，徒棺安葬，不消細敘。

單表周尚文病歿大同，朝旨令張達補授，與副總兵林椿，帶著邊兵，出關接仗。兩下裡惡戰一場，彼此各死傷多人，敵兵已經退去。達偏窮追不捨，中途遇伏，馬蹶被戕。林椿麾兵往救，不及衣甲，也被敵兵攢刺，受了重傷，斃於非命。這是有勇無謀，與了養卒時義、侯榮，替鸞設法，作為信據，齎著金帛，往賂俺答，求他移寇他塞，勿犯大同。俺答得了賄賂，遂東沿長城，至潮河川南下，直抵古北口。都御史王汝孝，悉眾出御師，還算有情。遂東沿長城，至潮河川南下，直抵古北口。都御史王汝孝，悉眾出御師，不意敵兵猝至，相率驚潰，俺答遂掠懷柔，圍順義，長驅疾走，徑達通州，巡按順天御史王忬，先日至白河口，將東岸舟楫，悉數攏泊西岸，不留一艘，因此寇眾大至，無舟可渡，只得傍河立寨，潛分兵剽掠昌平，蹂躪諸陵，姦淫劫奪，不可勝紀。

012

是時京城內外，已緊急的了不得，飛檄各鎮勤王，分遣文武大臣各九人，把守京城九門，一面詔集禁軍，仔細檢閱，只有四五萬人，還是一半老弱殘兵，不足禦敵。看官聽說！自武宗晏駕後，禁軍冊籍，多系虛數，所有兵餉，盡被統兵大員沒入私囊，有幾個強壯兵丁，又服役內外提督及各大臣家，一時不能歸伍，所以在伍各兵，不是老疾，就是疲弱，一聞寇警，統是哭哭啼啼，一些兒沒有勇氣。都御史商大節，受命統兵，只得慷慨誓師，虛言激勵，兵民聞言思奮，頗也願效馳驅。大節命各至武庫，索取甲仗，不料各兵去了轉來，仍然是赤手空拳。大節問明緣故？大眾道：「武庫中有什麼甲械，不過有破盔數十頂，爛甲數百副，廢槍幾千桿罷了。」大眾嘆道：「內使主庫，弄到這般情形，教我如何擺布呢？」言下，沉吟了一會，復顧大眾道：「今日事在眉急，也說不得許多了，你等且再至武庫，揀了幾樣，拿來應用，待我奏請聖上，發帑趕製，可好麼？」實是沒法，只好搪塞。大眾含糊答應，陸續退去。大節據實奏報，有旨發帑金五千兩，令他便宜支付。大節布置數日，還是不能成軍。幸是年適開武科，四方應試的武舉人，恰也來的不少，便由大節奏准應敵，才得登陴守城。過了兩天，俺答已潛渡竹筏，飭前隊偷渡白河，約有七百騎，入薄京城，就安定門外的教場，作為駐紮地。京師人心愈恐。世宗又久不視朝，軍事無從稟白，廷臣屢請不應，禮部尚書徐階，上書固

013

第六十一回　復河套將相蒙冤　擾都門胡虜縱火

請，方親御奉天殿，集文武百官議事。誰知登座以後，並不聞有什麼宸謨，只命徐階嚴責百官，督令戰守罷了。想是仗著天神保護，不必另設軍謀。百官正面面相覷，可巧侍衛入報，大同總兵官仇鸞，及巡撫保定都御史楊守謙，統率本部兵到京，來衛皇畿了。世宗道：「甚好。仇鸞可為大將軍，節制各路兵馬，守謙為兵部侍郎，提督軍務。兵部何在？應即傳旨出去。」昏頭磕腦，連兵部尚書都不認識。兵部尚書丁汝夔，忙跪奉面諭，世宗竟退朝入內去了。汝夔起身出外，私叩嚴嵩，應該主戰主守。嚴嵩低語道：「塞上失利，還可掩飾，都下失利，誰人不曉。你須謹慎行事，寇得飽掠，自然遠颺。何必輕戰。」恰是好計，但如百姓何？汝夔唯唯而別。嗣是兵部發令，俱戒輕舉。楊守謙以孤軍力薄，亦不敢戰，相持三日，竟縱眾縱火，焚毀城外廬舍，霎時間火光燭天，照徹百里，正是：

　　寇眾突來唯肆掠，池魚累及盡遭殃。

未知京城能否保守，且至下回交代。

復套之議，曾銑創之於先，夏言贊之於後，固籌邊之勝算也。河套即蒙古鄂爾多斯地，東西北三面，俱瀕黃河，南與邊城相接，黃河自北折南，成一大圈，因稱河套。

014

其地灌溉甚便，土壤肥美，俗有「黃河百害，只富一套」之說，設令乘機規復，發兵屯墾，因地為糧，倚河結寨，豈非西北之一大重鎮耶？世宗初從銑議，後入嵩言，殺道濟而自壞長城，死得臣而遂亡晉毒，一誤再誤，何其昏憒若此？及俺答入塞，直薄京城，朝無可恃之將帥，營無可用之兵戎，乃猶安居西內，至力請而後出，出亦不發一言，徒因仇鸞、楊守謙兩人，入京勤王，即畀大權，身為天子，乃胸無成算，一至於此乎？讀此回，令人作十日惡。

第六十一回　復河套將相蒙冤　擾都門胡虜縱火

第六十二回 追狡寇庸帥敗還　開馬市藎臣極諫

卻說俺答率眾到京，沿途大掠，又放起一把無名火來，將京城外面的民居，盡行毀去，百姓無家可住，東逃西散，老的小的，多半斃命，年紀少壯的，遇著寇眾，不是被殺，就是被擄，內中有一半婦女，除衰老奇醜外，盡被這班韃奴，牽拉過去，任情淫汙，最有姿色的幾人，供俺答受用，輪流取樂。大將軍仇鸞，本畏俺答，因聽時義、侯榮言，討好朝廷，勉強入援，既至京師，哪敢與俺答對仗？只得仍遣時義、侯榮，再去說情。兩人至俺答營，見俺答踞坐胡床，左右陪著婦女數人，統是現成擄掠，臨時妻妾，平常婦女，得做番王臨時妻妾，也算交運。兩人也顧不得什麼氣節，只好跪叩帳下。俺答道：「你來做什麼？想是又把金幣送我，倒難為你主人好意。」眈眈逐逐，無非為了金帛。時義道：「大王欲要金幣，也是不難，但深入京畿，震動宮闕，恐我皇上動

第六十二回　追狡寇仇帥敗還　開馬市藎臣極諫

疑，反不願頒給金幣了。」俺答道：「我並不願奪你京城，我只教互市通貢，每歲得沾些利益，便可退兵。」可見俺答原無大志。時義道：「這也容易，謹當歸報便了。」兩人返報仇鸞，鸞聞帝意主戰，一時卻不敢上聞。俺答待了三日，並無消息，反將他一律釋縛，好言撫慰道：「煩你等作個傳書郵，我有一書，寄與你主便是。」說罷，便將書信取出，交與八人。八人得了命，出了番帳，奔回東直門，入城稟見世宗，呈上番書。世宗閱罷，嚴嵩瞧著來書，語多是要求互市，請通貢使，出書使視道：「卿等以為何如？」嚴嵩著來書，語多大學士嚴嵩、李本，尚書徐階，出書使視道：「卿等以為何如？」世宗閱罷，便至西苑，召見大學士嚴嵩、李本，尚書徐階，出書使視道：「卿等以為何如？」恫嚇，暗想此事頗不易解決，依他也不是，不依他也不是，當下眉頭一皺，計上心來，便啟奏道：「俺答上書求貢，係關係禮部的事情，陛下可詳問禮部。」火燒眉毛，輕輕撲去。禮部尚書徐階，聽了嵩言，暗罵道：「老賊！你要嫁禍別人麼？」心中一忖，也即啟奏道：「求貢事雖屬臣部掌管，但也須仰稟聖裁。」你推我，我推別人，徐階也會使刁。世宗道：「事關重大，大家熟商方好哩。」階躊躇半晌，方道：「現在寇患已深，震驚陵廟，我卻戰守兩難，不便輕舉，似應權時允許，聊解眉急。」世宗道：「他若果肯退去，皮幣珠玉，俱不足惜。」階復道：「若只耗費些皮幣珠玉，有何不可？但恐他得步進

018

步，要索無厭，為之奈何？」世宗蹙額道：「卿可謂遠慮了，唯目前寇騎近郊，如何令退？」階又道：「臣卻有一計在此。俺答來書，統是漢文，我只說他漢文難信，且沒有臨城脅貢的道理，今宜退出邊外，別遣使齎呈番文，由大同守臣代奏，才可允行。他若果然退去，我卻速調援兵，厚集京畿，那時可許則許，不可許，便與他交戰，不為他所窘了。」此言只可欺小孩。世宗點頭稱善，命階照計行事。

階即遣使往諭，嗣得俺答覆書，務須照准，令以三千人入貢，否則將添兵到此，誓破京師。階見此書，先召百官會議，並宣布俺答來書，各官瞠目伸舌，莫敢發言。忽有一人高聲道：「我意主戰，不必言和。」徐階瞧將過去，乃是國子司業趙貞吉，便問道：「君意主戰，有何妙策？」貞吉道：「今日若許入貢，他必揀選精騎三千，即刻入城，陽稱通貢，陰圖內應，內外夾攻，請問諸公如何抵敵？就使他誠心通好，無意外的變故，也是一場城下盟，堂堂中國，屈辱敵人，寧不羞死！」也是一番虛驕語。檢討毛起接口道：「何人不知主戰？但今日欲戰無資，只好暫許要求，邀使出塞，然後再議戰備。」貞吉叱道：「要戰便戰，何必遲疑！況寇眾狡詐異常，豈肯聽我誘約麼？」徐階見兩下齟齬，料知不能決議，索性起座而去，自行入奏。

第六十二回　追狡寇庸帥敗還　開馬市蓋臣極諫

是夕城外火光，越加猛烈，德勝、安定兩門外，統成焦土，世宗在西內遙望，只見煙焰沖霄，連夜不絕，不禁搔首頓足，只喚奈何。內侍也交頭接耳，互述日間廷議情狀，適被世宗聞知，問明詳細，即令宣詔趙貞吉入對。貞吉奉命即至，由世宗頒給紙筆，飭他條陳意見。貞吉即援筆直書，大旨：「以寇騎憑陵，非戰不可，陛下今日，宜親御奉天門，下詔罪己，追獎故總兵周尚文，釋放給事沈束出獄，以開言路，飭文武百司，共為城守，並宣諭各營兵士，有功即賞，得一首功，准賞百金，捐金數萬，必可退敵」云云。雖似理直氣壯，亦嫌緩不濟急。這疏一上，世宗頗也感動，立擢貞吉為左椿坊左諭德，兼河南道監察御史，飭戶部發銀五萬兩，宣諭行營將士。唯貞吉所請追勵各條，仍未舉行。是時俺答已縱掠八日，所得過望，竟整好輜重，向白羊口而去。有旨飭仇鸞追襲，鸞無奈，發兵尾隨敵後，誰料敵兵竟返旆來馳，嚇得仇鸞膽顫心驚，急忙退步。部兵亦霎時潰散，等到敵兵轉身，徐徐出塞，然後收集潰卒，檢點人數，已傷亡了千餘人。鸞反在途中梟斬遺屍，得八十餘級，只說是所斬虜首，獻捷報功，世宗信以為真，優詔慰勞，並加鸞太保，厚賜金帛。京中官吏，聞寇眾退去，互相慶賀。醜不可耐。不意有嚴旨下來，飭逮尚書丁汝夔，都御史楊守謙下獄。原來京城西北，多築內臣園宅，自被寇眾縱火，免不得一併延燒。內臣入奏世宗，統說是丁、楊二

020

人，牽制將帥，不許出戰，以致烽火滿郊，驚我皇上，伏乞將二人治罪，為後來戒。都把皇帝做推頭，這叫做虜受之懇。世宗聞言大怒，所以立刻傳旨，將二人逮繫起來。汝夔本受教嚴嵩，才命各營停戰，至此反致得罪，連忙囑著家屬，向嵩乞救。嵩語來人道：「老夫尚在，必不令丁公屈死。」來人歡謝去訖。嵩馳入見帝，談及丁汝夔，世宗勃然變色道：「汝夔負朕太甚，不殺汝夔，無以謝臣民。」這數語嚇退嚴嵩，只好跟蹌趨出，不發一言。至棄市詔下，汝夔及守謙，同被綁至法場，汝夔大哭道：「賊嵩誤我！」言未已，刀光一下，身首兩分。守謙亦依次斬首，毋庸細述。

過了一日，又有一道中旨頒下，著逮左諭德趙貞吉下獄。看官聽說！這趙貞吉因奏對稱旨，已得超擢，如何憑空得罪呢？先是貞吉廷議後，盛氣謁嵩，嵩辭不見。貞吉怒叱閽人。說他有意刁難，正在吵嚷的時候，忽有一人走入，笑語貞吉道：「足下何為？軍國重事，慢慢的計議就是了。」貞吉視之，乃是嚴嵩義子趙文華，官拜通政使，不禁憤恨道：「似你等權門走狗，曉得什麼天下事？」言畢，悻悻自去。文華原不足道，貞吉亦屬太傲。文華也不與多辯，冷笑而入，當即報知嚴嵩，嵩仇恨益甚。至俺答已退，遂奏稱：「貞吉大言不慚，毫無規劃，徒為周尚文、沈束遊說，隱謗宸聰。」這句話又激起世宗的怒意，遂命將貞吉拘係數日，廷杖一頓，謫為荔波典史。

第六十二回　追狡寇庸帥敗還　開馬市藎臣極諫

當貞吉主戰時，廷臣俱袖手旁觀，莫敢附和，獨有一小小官吏，位列最卑，恰朗聲即應聲道：「公不識錦衣經歷沈鍊麼？由他自己報名，又是一樣筆墨。公等大臣，無所建白，小臣不得不說。恨國家無人，致寇猖獗，若以萬騎護陵寢，萬騎護通州軍餉，再合勤王軍十餘萬，擊寇惰歸，定可得勝，何故屢議不決呢？」邦謨道：「你自去奏聞皇上，我等恰是無才，你也不必跟我空說。」益憤憤，竟拜表上陳，世宗全然不理。悶悶不樂，縱酒佯狂。一日，至尚寶丞張遜業處小飲，彼此縱論國事，談及嚴嵩，停杯痛罵，涕淚交頤。既晚歸寓，餘恨未平，慨然太息道：「自古至今，何人不死？今日大奸當國，正忠臣拚死盡言的時候，我何不上書痛劾？就是致死，也所甘心。」計畫已定，遂研墨展毫，繕就奏牘道：

昨歲俺答犯順，陛下欲乘時北伐，此正文武群臣，所共當戮力者也。然制敵必先廟算，廟算必當為天下除奸邪，然後外寇可平。今大學士嚴嵩，當主憂臣辱之時，不聞延訪賢豪，諮詢方略，唯與子世蕃，規圖自便，忠謀則多方沮之，諂諛則曲意引之，索賄鬻官，沽恩結客，朝廷賞一人，則曰由我賞之，罰一人，則曰由我罰之，人皆伺嚴氏之愛惡，而不知朝廷之恩威，尚忍言哉！姑舉其罪之大者言之：……納將帥之賄，以啟邊陲之

黌,一也;受諸王饋遺,每事隱為之地,二也;攬御史之權,雖州縣小吏,亦皆貨取,致官方大壞,三也;索撫按之歲例,致有司遞相承奉,而閭閻之財日削,四也;隱制諫官,俾不敢直言,五也;嫉賢妒能,一忤其意,必致之死,六也;縱子受賄,斂怨天下,七也;運財還家,月無虛日,致道途驛騷,八也;久居政府,擅權害政,九也;不能協謀天討,上貽君父憂,十也。明知臣言一出,結怨權奸,必無幸事,但與其縱奸誤國,毋寧效死全忠。今日誅嵩以謝天下,明日戮臣以謝嵩,臣雖死無餘恨矣。

寫至此,讀了一遍,又自念道:「夏邦謨恰也可惡,索性連他劾奏。」遂又續寫數語,無非是吏部尚書夏邦謨,諂諛贓貨,並請治罪等情。次日呈將進去,看官試想!一個錦衣衛經歷,居然想參劾大學士及吏部尚書來,任你筆挾龍蛇,口吐煙雲,榜掠數十,謫佃效力。況世宗方倚重嚴嵩,哪裡還肯容忍?嚴旨一下,斥他誣衊大臣,口吐煙雲,榜掠數十,謫佃保全。同時刑部郎中徐學詩,南京御史王宗茂,先後劾嵩,一併得罪。學詩削籍,宗茂貶官。還有葉經、謝瑜、陳紹,與學詩同里同官,俱以劾嵩遭譴,時稱為上虞四諫官。

此外所有忤嵩各官,都當京察大計時,盡行貶斥,真個是一網打盡,靡有子遺。

唯仇鸞黨附嚴嵩,愈邀寵眷,適值吏部侍郎王邦瑞,攝兵部事,以營政久弛,疏請整飭,略謂:「國初京營,不下七八十萬,自三大營變為十二團營,又變為兩官廳,逐

第六十二回　追狡寇庸帥敗還　開馬市藎臣極諫

漸裁併，額軍尚有三十八萬餘人。今武備積弛，現籍止十四萬，尚是虛額支餉，有名無實。近屆寇騎深入，蒐括各營，只有五六萬人，尚且老弱無用，此後有警，將仗何人」等語。何不叫中飽的官吏去？世宗覽奏，立命廢止團營兩官廳，仍復三大營舊制，創設戎政府，命仇鸞為總督，邦瑞為副。鸞既攬兵權，並欲節制邊將，因請易置三輔重臣，以大同總兵徐玨駐易州，大同總兵署授徐仁，宣府薊鎮總兵李鳳鳴、成勛，酌量調遣云云。世宗一律允准，將原奏發下兵部。塞上有警，邊將不得徵集，必須報明戎政府，亦彼此互易。並選各邊兵更番入衛，分隸京營。王邦瑞以為不可，極力諫阻，仇鸞所請，全是私意，即愚者亦知其非，世宗反深信之，邦瑞雖諫何益？不意反受了一番斥責。且特賜仇鸞封記，令得密上封章，一切裁答，俱由內批發行，不下兵部。邦瑞又屢疏爭辯，惱動世宗，竟令削職。邦瑞歸去，仇鸞益無忌憚，揚言將大舉北征，命戶部遣使四出，盡括甫都及各省積貯，並催徵歷年逋賦，作為兵餉，所在苛擾。經禮部尚書徐階，從中奏阻，始得稍寢。

既而俺答又有入寇消息，鸞忙令時義出塞，齎了金幣，賄結俺答義子脫脫，情願互市通貢，不可動兵。脫脫稟知俺答，俺答自然樂許，遂投書宣大總督蘇祐，轉致仇鸞。鸞與嚴嵩定議，每歲春秋兩市，俺答進來的貨物，無非是塞外的馬匹，因此叫做馬市。

馬市既開，命侍郎史道掌領。兵部車駕司員外郎楊繼盛，獨抗疏陳奏道：

互市者，和親別名也。俺答蹂躪我陵寢，虔劉我赤子，而先之曰和，忘天下之大仇，不可一；下詔北伐，日夜徵繕兵食，而忽更之曰和，失天下之大信，不可二；堂堂天朝，下與邊寇互市，冠服倒置，損國家之重威，不可三；此語未免自大惡習。海內豪傑，爭磨勵待試，一旦委置無用，異時號召，誰復興起，不可四；去歲之變，頗講兵事，無故言和，使邊鎮將帥，仍自懈弛，不可五；邊卒私通外寇，吏猶得以法裁之，今導之使通，其不勾結而危社稷者幾希，不可六；俺答往歲深入，本攝國威，今知朝廷畏寇議和，適啟睥睨之漸，不可七；俺答狡詐，出沒叵測，我竭財力而葦之邊，彼或負約不至，即至我尚有人乎？不可八；俺答詐，出沒叵測，我竭財力而葦之邊，彼或負約不至，即至矣，或陰謀伏兵突入，或以下馬索上直，或責我以他賞，或責我以苛禮，皆未可知也，不可九；此條所見甚是。歲帛數十萬，得馬數萬匹，十年以後，帛將不繼，不可十。

凡為謬說者有五：不過曰吾外假馬市以羈縻之，而內足修我武備，夫俺答何厭之有？吾安能一一應之？是終兆釁也，且吾果欲修武備，尚何借於羈縻？此一謬也；又或曰互市之馬，足資吾軍，夫既已和矣，無事戰矣，馬將焉用？且彼亦安肯損其壯馬以

第六十二回　追狡寇庸帥敗還　開馬市藎臣極諫

予我，此二謬也；抑或曰互市不已，彼且朝貢，夫至於朝貢，而中國之捐資以奉寇益大矣，此三謬也；或且曰彼既利我，必不失信，亦思中國之所謂開市者，能盡給其眾乎？不給則不能無入掠，此四謬也；或又曰兵為危道，佳兵不祥，試思敵加我而我乃應之，胡謂佳兵？人身四肢皆癰疽，毒日內攻，而憚用藥石，可乎？此五謬也。

夫此十不可五謬，匪唯公卿大夫知之，三尺童子皆知之，而敢有為陛下主其事者，蓋其人內迫於國家之深恩，則圖幸目前之安以見效，外懾俺答之重勢，則務中彼之慾以求寬。公卿大夫，知而不言，蓋恐身任其責，聲罪致討，不出十年，臣請得為陛下勒燕然之績，懸俺答之首於藁街，以示天下後世。

世宗覽到此疏，意頗感奮，下內閣及諸大臣集議，嚴嵩等不置可否，獨仇鸞攘臂痛詈道：「豎子目不識兵，乃說得這般容易。」遂自上密疏，力詆繼盛。世宗意遂中變，遽下繼盛錦衣獄，令法司拷訊。繼盛持論不變，竟貶為狄道典史。小子有詩詠道：

朝三暮四等狙公，政令紛更太自蒙。
直諫翻遭嚴譴下，空令後世慨孤忠。

026

繼盛既貶，馬市大開，究竟俺答受馭與否，且至下回再詳。

本回敘俺答入寇，以及議和互市，無非是倖臣誤國，釀成寇患。夫俺答雖稱狡詐，而未嘗有入主中原之想，觀其大掠八日，飽颺而去，可知趙貞吉之主戰，未嘗非策。果令宸衷獨斷，奮發有為，則豈竟不足卻敵？於少保當土木之敗，猶能慷慨誓師，捍守孤城，況俺答不及乜先，世宗權逾景帝，寧有不事半功倍乎？至若仇鸞之創開馬市，取悔敵人，楊繼盛抗疏極言，其於利害得失，尤為明暢，世宗幾為感動，復因仇鸞密陳，以致中變，蓋胸無主宰，性尤好猜，奸幸得乘間而入，而忠臣義士，反屢受貶戮，王之不明，豈足福哉？讀屈原言而不禁同慨矣。

第六十二回　追狡寇庸帥敗還　開馬市藎臣極諫

第六十三回 罪仇鸞剖棺正法 劾嚴嵩拚死留名

卻說馬市既開，由侍郎史道主持市事，俺答驅馬至城下，計值取價，起初還不失信用，後來屢把羸馬搪塞，硬索厚值，一經邊吏挑剔，即嘩擾不休。有時大同互市，轉寇宣府，宣府互市，轉寇大同，甚且朝市暮寇，並所賣的羸馬，亦一併掠去。大同巡按御史李逢時，一再上疏，略稱：「俺答屢次入寇，與通市情實相悖，今日要策，唯有大集兵馬，一意討伐，請飭京營大將軍仇鸞，趕緊訓練，專事征討，並命邊臣合兵會剿，勿得隱忍顧忌，釀成大患。」兵部尚書趙錦，亦上言禦寇大略，戰守為上，羈縻非策。世宗乃令仇鸞督兵出塞，往討俺答。

鸞本認嚴嵩為義父，一切行止，都由嵩暗中庇護，自總督京營後，權力與嚴嵩相埒，免不得驕傲起來，將嚴嵩撇諸腦後。嚴嵩怨他負恩。密疏毀鸞，鸞亦密陳嚴嵩父子

第六十三回　罪仇鸞剖棺正法　劾嚴嵩拚死留名

貪橫情狀，凶終隙末，小人常態，至兩下密疏，尤甚好看。世宗漸漸疏嵩，只命徐階、李本等，入直西內，嵩不得與，其時張治已歿。嵩啣恨益甚。至是命鸞出兵，料知鸞是膽怯，因嗾使廷臣，請旨督促。看官！你想仇鸞身為大將，並未曾與外寇交綏，單靠著時義、侯宗等，買通俺答，遮蓋過去，此刻奉命北征，真個要他打仗！他是無謀無勇，如何行軍？況且有嚴嵩作對，老法兒統用不著，又不能託故不去，只好硬著頭皮，礦礦出師。途中緩一日，好一日，挨一刻，算一刻。不料警報頻來，邊氛日惡，大同中軍指揮王恭，戰死管家堡，寧遠備御官王相，又戰死遼東衛。朝旨又嚴厲得很，把大同總兵徐仁，游擊劉潭等拿問，巡撫都御史何思削籍（內外情事，都從仇鸞一邊敘入，省卻無數筆墨）。俗語所謂兔死狐悲，物傷其類，益發令仇鸞短氣。好容易行到關外，探聽得俺答部眾，駐紮威寧海，他居然想出一計，乘敵不備，掩殺過去。當下麾兵疾走，甫至貓兒莊，兩旁胡哨陡起，霎時間走出兩路人馬，持刀挺戟，旋風般的殺來，仇鸞叫聲不好，策馬返奔，部兵見大帥一走，還有何心戀戰，紛紛棄甲而逃，逃不脫的晦氣人物，被敵兵切菜般的舉刀亂砍，所有輜重等物，挾了便走，驢馬等物，牽著便行，不消多少工夫，敵兵已去得無影無蹤了。仇鸞逃了一程，才有偵騎來報，說是：「俺答的游擊隊，在此巡弋，並非全部巨寇，請大帥不必驚慌」云云。仇鸞聞言，又慚又恨，叱退偵

030

卒，馳入關中。挖苦仇鸞，筆鋒似刀。

嗣是羞恚成疾，懨懨床褥，驀地裡生了一個背疽，痛不可忍，日夕呼號。本擬上表告辭，奈顧著大將軍印綬，又是戀戀難捨，沒奈何推延過去。偏是禮部尚書徐階，密劾鸞罪，兵部尚書趙錦又奏稱：「強寇壓境，大將軍仇鸞，病不能軍，萬一寇眾長驅，貽憂君父不小，臣願率兵親往，代鸞征討。」說得世宗性急起來，頒詔兵部，以尚書不便輕出，令侍郎蔣應奎，暫攝戎政，總兵陳時，代鸞為大將軍，唯這大將軍印尚在仇鸞掌握，飭趙錦收還。趙錦夤夜親往，持詔取印，仇鸞已病不能起，聞得此信，鸞得報後，即日返京，養病私第。趙錦貪夜親往，持詔取印，家人忙了手腳，急將仇鸞叫醒，鸞開目一瞧，禁不住流淚兩行，至印信繳出，鼻息悠悠。家人忙了手而亡。保全首領，實是僥倖。

世宗已知仇鸞奸詐，遣都督陸炳，密查遺跡。炳素嫉鸞，嘗偵悉鸞事，因恐沒有案證，未敢上聞。會鸞舊部時義、侯榮等，已冒功授錦衣衛指揮等官，聞鸞病死，料難安居，竟出奔居庸關，意欲往投俺答，可巧被陸炳知悉，著急足馳至關上，投書關吏，請發兵查緝鸞黨。冤冤相湊，時義、侯榮等人，叩關欲出，被關吏一併拘住，押解京師。

第六十三回　罪仇鸞剖棺正法　劾嚴嵩拚死留名

當下法司審訊，誘供逼招，盡發鸞通虜納賄諸事。陸炳一一奏明，那時世宗大怒，暴鸞罪惡，剖鸞棺，戮鸞屍，並執鸞父母妻子，及時義、侯榮等，一體處斬。近報則在己身，遠報則在妻孥。布告天下，立罷馬市。俺答聞信，稍稍引去。世宗又命宣大總督蘇佑，與巡撫侯鉞、總兵吳瑛等，出師北伐。畫蛇添足，未免多事。鉞率萬餘人出塞，襲擊俺答，又陷仇鸞故轍。誰料被俺答聞知，設伏待著，俟侯鉞兵至，伏兵四起，首尾夾擊，殺死把總劉欽等七人，士卒死亡無算，鉞等拚命逃還，才得保全性命。巡撫御史蔡楫，據實奏劾，總算命兵部頒發。既而俺答又犯大同，副總兵郭都出戰，孤軍無援，復遭戰歿，乃逮侯鉞至京，削籍為民。

世宗記恨仇鸞，尚是不置，因思楊繼盛劾鸞遭貶，未免冤枉，遂召繼盛還京，從典史四次遷升，復為兵部員外郎。嚴嵩與鸞有隙，以繼盛劾鸞有功，也從中說項，改遷兵部武選司。繼盛哪裡知曉，就是知曉，恐也不肯感嵩。只是感激主知，亟圖報國。抵甫一月，即草疏劾嵩罪狀，屬稿未成，妻張氏入室，問繼盛奏劾何人？繼盛憤憤道：「除開嚴嵩，還有哪個？」張氏婉勸道：「君可不必動筆了，前時劾一仇鸞，被困幾死，今嚴嵩父子，威焰薰天，一百個仇鸞，尚敵不過他，老虎頭上搔癢，無補國家，轉取禍戾，何苦何苦！」言亦近情。繼盛道：「我不願與這奸賊同朝共事，不是他死，就是我

死。」張氏道：「君死無益，何若歸休！」繼盛道：「龍逄、比干，流芳百世，我得從古人後，願亦足了。你休阻我！」張氏知不可勸，含淚趨出。繼盛草就奏疏，從頭謄正，內論嚴嵩十大罪五奸，語語痛切，字字嗚咽，正是明史上一篇大奏牘。小子節錄下方，其詞云：

方今在外之賊為俺答，在內之賊為嚴嵩。賊有內外，攻宜有先後，未有內賊不去，而外賊可除者。故臣請誅賊嵩，當在剿絕俺答之先。嵩之罪惡，除徐學詩、沈、王宗茂等，論之已詳，然皆止論貪汙之小，而未發其僭竊之大。嵩之罪惡，宜有以「大臣專政」。夫大臣專政，孰有過於嵩者？又凡心背君者皆叛也。夫人臣背君，又孰有過於嵩者？如四方地震，與夫日月交食之變，其災皆感應賊嵩之身，乃日侍左右而不覺，上天警告之心，亦恐殆且孤矣。臣敢以嵩之專政叛官十大罪，為陛下陳之！

祖宗罷丞相，設閣臣備顧問，視制草而已。嵩乃儼然以丞相自居，百官奔走請命，直房如市，無丞相而有丞相權，是壞祖宗之成法，大罪一；陛下用一人，嵩曰：「我薦也。」斥一人，曰：「此非我所親。」陛下宥一人，嵩曰：「我救也。」罰一人，曰：「我得罪於我。」群臣感嵩，甚於感陛下，畏嵩，甚於畏陛下。竊君上之大權，大罪二；陛

第六十三回　罪仇驚剖棺正法　劾嚴嵩拚死留名

下有善政，嵩必令子世蕃告人曰：「主上不及此，我議而成之。」欲天下以陛下之善，盡歸於己，是掩君上之治功，大罪三；陛下令嵩票擬，蓋其職也，豈可取而令世蕃代之？題疏方上，天語已傳，故京師有大丞相小丞相之謠，是縱奸子之僭竊，大罪四；嚴效忠（嚴嵩廝役）、嚴鵠（世蕃子），乳臭子耳，未嘗一涉行伍，皆以軍功官錦衣，兩廣將帥，俱以私黨躐府部，是冒朝廷之軍功，大罪五；逆鸞下獄，賄世蕃三千金，嵩即薦為大將，已知陛下疑鸞，乃泯前跡，是引悖逆之奸臣，大罪六；俺答深入，擊其惰歸，大計也，嵩戒丁汝夔勿戰，是誤國家之軍機，大罪七；郎中徐學詩，給事中厲汝進，俱以劾嵩削籍，屬汝進劾世蕃，竊弄父權，嗜賄張焰，嵩上疏自理，且求援中官，以激帝怒，遂廷杖削籍。內外之臣，中傷者何可勝計，是專黜陟之大權，大罪八；自嵩用事，風俗大變，賄賂者薦及盜跖，疏拙者黜逮夷齊，守法度者為迂滯，巧彌縫者為才能，是敗天下之風俗，大罪九；文武選擬，但論金錢之多寡，將弁唯賄嵩，不得不朘削士卒，有司唯賄嵩，不得不掊克百姓，毒流海內，患起域中，是失天下之人心，大罪十。

嵩有此十大罪，昭人耳目，蓋有五奸以濟之。知陛下之神聖而若不知者，意向，莫過於左右侍從，嵩以厚賄結之，凡聖意所愛憎，嵩皆預知，以得遂其逢迎之

巧，是陛下左右，皆嵩之間諜，其奸一；通政司為納言之官，嵩令義子趙文華為之，凡疏到必有副本，送嵩與世蕃，先閱而後進，俾得早為彌縫，是陛下之納言，乃嵩之鷹犬，其奸二；嵩既內外周密，所畏者廠衛之緝謗也，嵩則令世蕃籠絡廠衛，締結姻親，陛下試詰彼所娶為誰氏女，立可見矣，所畏者廠衛之緝謗也，嵩則令世蕃籠絡廠衛，締結姻親矣，所畏者科道言之也。嵩於進士之初，非親知不得與中書行人之選，知縣推官，廠衛既已通賄不得與給事科道言之列，亦可懼也，嵩又令子世蕃，將各部之有才望者，俱網羅門下，各官部臣如徐學詩之類，嵩得早為斥逐，是陛下之耳目，皆嵩之奴隸，其奸四；科道雖入其牢籠，而少有怨望者，嵩得早為斥逐，是陛下之臣工，多嵩之心腹，其奸五。

夫嵩之十罪，賴此五奸以濟之，五奸一破，則十罪立見，陛下何不忍割一賊臣，顧忍百萬蒼生之塗炭乎？陛下聽臣之言，察嵩之奸，或召問景、裕二王，令其面陳嵩惡，或詢諸閣臣，諭以勿畏嵩威，重則置之憲典，以正國法，輕則諭令致仕，以全國體，內賊去而後外賊可除也。臣自分斧鉞，因蒙陛下破格之患，不敢不效死上聞，冒瀆尊嚴，無任悚惶待命之至！

世宗是時，正因眾言官奏阻齋醮，下詔逮捕，繼盛恐益觸帝怒，將疏暫擱不上。更越十有五日，齋戒沐浴，才將此疏拜發。誰知朝上奏章，暮入詔獄，原來世宗覽奏，

第六十三回　罪仇鸞剖棺正法　劾嚴嵩拚死留名

已是懊恨，立召嚴嵩入示。嵩見有召問二王語，遂啟奏道：「繼盛敢交通二王，誣劾老臣，請陛下明鑑！」兩語夠了。嵩見益怒，遂飭逮繼盛下獄，豈不憶諫阻馬市，其言已驗耶？命法司嚴訊主使。繼盛道：「發言由我，盡忠亦由我，難道必待他人主使麼？」法司問何故引入二王，繼盛又厲聲道：「滿朝都怕嚴嵩，非景、裕二王，何人敢言？」（景、裕二王，皆世宗子，已見五十九回）。法司也不再問，只說他誣毀宰臣，杖至百數，送交刑部。刑部尚書何鰲，受嵩密囑，欲坐繼盛詐傳親王令旨，即欲將他杖死，郎中史朝賓進言道：「奏疏中但說召問二王，並不說由親王令旨，朝廷三尺法，豈可濫加麼？」說得何鰲啞口無言，奉旨飭查，由世蕃自為辯草，竟立黜朝賓為高郵判官。又因奏中有嚴效忠、嚴鵠冒功情事，即去報達嚴嵩。嚴嵩確是厲害，竟據實復奏道：

「臣職司武選，敢以冒濫軍功一事，為陛下陳之：按二十七年十月，據通政司狀送嚴效忠，年十有六，考武舉不第，志欲報效本部，資送兩廣聽用。次年據兩廣總兵平江伯陳圭，及都御史歐陽必進，題瓊州黎寇平，遣效忠奏捷，即援故事授錦衣衛鎮撫。無何效忠病廢，嚴鵠以親弟應襲，又言效忠前斬賊首七級，例官加陞，遂授千戶。及細察效忠為誰？曰：『嵩之廝役也。』鵠為誰？曰：『世蕃之子也。』」不意嵩表率百僚，而壞綱

036

亂紀，一至於此。今蒙明旨下本部查核，世蕃猶私創復草，架虛貽臣，欲臣依草復奏，天地鬼神，昭臨在上，其草現存，伏望聖明特賜究正，使內外臣工，知有不可犯之法，國家幸甚！

這疏一入，朝右大臣，多為嚴嵩父子，捏一把冷汗，誰意嚴嵩竟有神出鬼沒的手段，居然打通關節，傳出中旨，說是周冕挾私捏造，朋比為奸，把他下獄削職，且擢世蕃為工部左侍郎，愈加優眷。真正令人氣煞。一面再令法司嚴訊繼盛。繼盛披枷帶索，由獄入廷，道旁人士，兩旁聚觀，見繼盛身受重刑，各嘆息道：「此公系天下義士，為何遭此荼毒？」又指著枷索，互相私語道：「奈何不將這種刑具，帶在奸相頭上，反冤屈了好人？」公論難逃。國子司業王材，聽著輿論，往謁嚴嵩道：「人言也是可畏，相公何不網開一面，救出繼盛，否則貽謗萬世，也為我公不取哩。」王材本阿附嚴嵩，此番良心未泯，竟有此請，嵩頗有些悔悟，慨然答道：「我亦憐他忠誠，當替他代奏皇上，恕他一點便是。」王材唯唯而出。嵩即與子世蕃商議，世蕃道：「不殺繼盛，何有寧日？」殺了繼盛，難道可長久富貴麼？這所謂其父行劫，其子必且殺人。嵩遲疑半晌，復道：「你也單從一時著想，不管著日後哩。」世蕃道：「父親若有疑心，何不商諸別人？」嵩點頭道：「你去與胡植、鄢懋卿一商，何如？」世蕃領命，即至鄢懋卿宅中，

第六十三回　罪仇鶯剖棺正法　劾嚴嵩拚死留名

說明就裡。懋卿道：「這便叫做養虎貽患哩。尊大人縝密一生，今反有此遲疑，殊不可解。」世蕃道：「我也這般說，家父必欲問君，並及胡公，我不能不到此一行。」順父之命，還算孝思。懋卿道：「老胡怕也不贊成哩！我去邀他前來，一決可否便了。」當下令家人去招胡植，植與懋卿同出入嚴門，自然聞召即至。彼此會敘，談及楊繼盛事，也與懋卿同一見解。世蕃即匆匆告別，即將兩人所說，還報嚴嵩。嚴嵩道：「既然眾論一致，我也顧不得什麼了。」一個兒子，兩個私人，便好算作公論嗎？自是決定主意，要殺繼盛。可巧倭寇猖獗，趙文華出視海防，與兵部侍郎張經等，互有齟齬，文華妒功忌能，構陷經等，嚴嵩任意牽扯，將繼盛一併列入，可憐這赤膽忠心的楊老先生，竟不免就義市曹。曾記繼盛有一遺詩云：

浩氣還太虛，丹心照千古；
平生未報恩，留作忠魂補。

繼盛妻張氏，聞夫將被刑，獨上疏營救，願代夫死。繼盛盡忠，張氏盡義。正是：

巾幗鬚眉同一傳，忠臣義婦共千秋。

張氏一疏，不可不錄，待小子下回續述。

038

世宗因嚴嵩提挈仇鸞，遂假借重柄，至於喪師辱國，諱敗為勝，尚一無聞知，反加寵眷，是正可謂養癰貽患矣。迨奪大將軍印綬，致鸞背瘡潰裂耳。蓋嚴、仇互攻，嚴賊之勢，雖一時未至動搖，然譬之治病者，已有清理臟腑之機會，楊繼盛五奸十大罪之奏，正千金肘後方也，暫不見用，而後來剗除奸蠹，仍用此方劑治之，楊公雖死，亦可瞑目矣。且前諫馬市，後劾嚴嵩，兩疏流傳，照耀簡策，人以楊公之死為不幸，吾謂人孰無死，死而流芳，死何足惜？至若張氏一疏，附驥而傳。有是夫並有此婦，明之所以不即亡者，賴有此爾。

第六十三回　罪仇驚剖棺正法　劾嚴嵩拚死留名

第六十四回 卻外寇奸黨冒功　媚乾娘義兒邀寵

卻說楊繼盛妻張氏，本是個知書達禮的賢婦，前此知劾嵩無益，勸阻繼盛，嗣因繼盛不從，竟致待罪詔獄。世宗本不欲加戮，因被嚴嵩構陷，附入張經案內，遂將他一同處決，急得張氏痛切異常，誓代夫死，遂草疏上奏道：

臣夫諫阻馬市，預伐仇鸞，曾蒙聖上薄謫，旋因鸞敗，首賜湔雪，一歲四遷，臣夫銜恩圖報，誤聞市井之語，尚狃書生之見，妄有陳說，荷上不即加戮，俾從吏議，杖後入獄，割肉二斤，斷筋二條，日夜籠箍，備諸苦楚，兩經奏讞，並沐寬恩，今忽闌入張經疏尾，奉旨處決，臣仰唯聖德，昆蟲草木，皆欲得所，豈惜一回宸顧，下逮覆盆？倘以罪重，必不可赦，願即斬臣妾首，以代夫誅。夫生一日，必能執戈矛，御魑魅，為疆

第六十四回　卻外寇奸黨冒功　媚乾娘義兒邀寵

場效命之鬼，以報陛下。與沈束妻張氏一疏，前後相應，但沈束尚得全生，楊繼盛竟致畢命，是亦有幸有不幸耳。

原來繼盛入獄，有人送與蚺蛇膽一具，說是可解血毒。繼盛卻謝道：「椒山自有肝膽，無須此物。」（椒山即繼盛別號）。嗣經數次杖笞，體無完膚，兩股上碎肉片片，累墜不堪，而且筋膜被損，愈牽愈痛。繼盛咬住牙根，竟用了手爪，將腐肉挖去，又把飯盎磕碎，拾了磁片，割斷股筋二條。痛哉痛哉，我不忍聞。所以張氏疏中，列入此語，冀動天聽。可奈婦人不便伏闕，只好倩人代呈，那萬惡死凶的嚴嵩，怎肯輕輕放過，令這奏疏呈入？張氏一片苦心，仍然白用，結果是法場流血，燕市沉冤。

但兵部侍郎張經等，如何被趙文華構陷，說來話長，待小子從頭至尾，略述一遍。

中國沿海一帶，向有倭寇出沒。從前明太祖時，曾設防倭衛所，控遏海濱，及成祖年間，屢破倭兵，倭寇少戢。日本將軍足利義滿，遣使入貢，受封為日本國王，足利氏遂與中國交通，並代為誅逋海寇，只准商民入市，不准擄掠，因此沿海一帶安。到了世宗即位，有寧波鄞縣人宋素卿，罹罪遠颺，往投日本，適值義滿去世，義子嗣位，闇弱不能制盜，盜眾遂與素卿聯繫，借入貢為名，大掠寧波沿海諸郡邑。虧得巡

042

按御史歐珠，及鎮守太監梁瑤，誘執素卿，下獄論死，總算除了一個漢奸。誰知除了一個，反引出了好幾個？什麼汪五峰，什麼徐碧溪，什麼毛海峰，什麼彭老生，統是中國人民，逸據海島，勾結倭兵，劫掠沿海。歷代都有虎倀，無怪外人誚我謂無愛國心。巡按浙江御史，已改任陳九德，當即拜本入京，請置沿海重臣，治兵捕討。世宗乃以朱紈為右都御史，巡撫浙江，兼攝福州興化、泉漳諸州事。紈涖任後，下令禁海，日夕練兵甲，嚴糾察，破毀舶盜淵藪，擒斬寇諜數百人，不料反中時忌，被御史周亮等，劾他措置乖方，專殺啟釁。朝旨竟奪紈官職，還要把他審問起來，紈忿恚自殺。忠臣結果，往往如是。遂將巡撫御史的官職，懸擱不設。直至嘉靖三十一年，安徽人汪直，亡命海上，為寇舶巨魁，又有徐海、陳東、麻葉等，與汪直通同聯繫，直尤狡悍，縱橫無敵，連海外的倭寇，都是望風畏服，願受指揮。直遂登岸犯台州，破黃巖，擾及象山、定海諸處，浙東騷動。於是廷臣會議，復設巡視重臣，命王忬巡撫浙江，提督沿海軍務。

忬方巡撫山東，既奉朝旨，即日至浙，察知參將俞大猷、湯克寬，材勇可任，招為心膂，一面召募士卒，激厲將校，夜遣俞、湯二將，率兵剿襲。汪直正結砦普陀山，踞島自固。俞大猷帶領銳卒，乘風先發，湯克寬為後應，徑趨賊寨，四面放起火來。汪直等猝不及防，慌忙逃走，官軍追擊過去，斬首百五十級，生擒百餘人，焚死溺死的，無

第六十四回　卻外寇奸黨冒功　媚乾娘義兒邀寵

從查核。直遁至閩海，又被都指揮尹鳳，迎頭痛擊，殺得他七零八落，狼狽遁去。浙江經此一戰，人心少定。哪知汪直刁狡得很，復去勾引諸倭，大舉入寇，連艦數百，蔽海而至，浙東西同時告警，俾遣湯克寬防東，俞大猷防西，兩將如砥柱一般，捍衛中流，憑你汪直如何勇悍，也不能越雷池一步。直變計北犯，轉寇蘇、松，兩郡素來饒沃，又無守備，被寇盜乘虛襲入，任情劫奪。還有賊目蕭顯，暴戾異常，率著勁倭數十人，屠上海、南匯、川沙，直逼松江城。餘眾圍嘉定、太倉，所過殘掠，慘不忍聞。敢問江南大吏，做什麼事？王忬急遣都指揮盧鏜，倍道掩擊，突入蕭顯營內。霎時間殺得精光，不留一人。蕭顯措手不及，頓被殺死，賊眾大亂，由盧鏜縻兵截殺，砍去了無數頭顱。殺不盡的毛賊，奔回浙境，巧與俞大猷相遇，正好藉著開刀，一刀一個，兩刀兩個。汪直復趨入江有汪直一路，破昌國衛，劫乍浦、青村、柏林等處，尚是沿途剽掠，大為民患。忬復調湯克寬北援，適疫氣盛行，士卒多病，克寬無可奈何，只好任寇北竄。那時廷臣北，大掠通州、如皋、海門諸州縣，焚毀鹽場，進窺青、徐交界，山東大震。又要劾奏王忬，說他以鄰為壑，坐視不救，可為一嘆。還算世宗聖量包容，不遽加罪，只改忬為右副都御史，調撫大同，另命徐州兵備副使李天寵代任。

忬一去浙，浙復不寧，天寵力不能制，奏請改簡重臣，乃命南京兵部尚書張經，前

文俱追溯前事，至此方說到張經。為右都御史，兼兵部侍郎，總督江南北、浙江、山東、福建、湖廣諸軍，便宜行事。經營總督兩廣，頗有威惠，為狼土兵所敬服，朝議欲徵狼土兵剿倭，因有是命。並且擢俞大猷、湯克寬為總兵，歸經節制，指日平寇。經頗慷慨自負，矜氣使才，這也是致死之由。且以狼土兵夙聽指揮，必得死力，遂飛檄往調，命各省統兵官，就汛駐守，不得擅動。看官！你想就地的將校，偏要至遠地去調狼土兵，這種命令，能使眾將心服麼？於是彼此觀望，不復效力。那時汪直正導引倭寇，由北而南，仍回掠蘇、松，馳入浙境，犯乍浦、海寧，陷崇德，轉掠塘西、新市、橫塘、雙林、烏鎮、菱湖等處，距省會僅數十里。李天寵居守省城，束手無策，但募人縋城，自毀附郭民居，算是防寇的妙法。張經時駐嘉興，亦不聞發兵往援，幸副使阮鶚，僉事王詢，協守省城，無懈可擊，才將寇兵卻退。

是時通政司趙文華，已升授工部侍郎，上陳備倭七事，第一條乃請遣官望祭海神，第一策，便不足道，餘六事，不問可知。然亦無非因帝信齋醮，乃有此瞎說耳。世宗覽著，即召問嚴嵩。嵩與文華結為父子，哪有不竭力攛掇的道理，並說文華頗嫻兵事，不妨令他往祀，乘便督察軍情。世宗照准，遂命文華南下。文華得了這個美差，自然沿途索賄，恃寵橫行，到了江南，禱祭已畢，便與張經晤談軍務，經自命為督軍元帥，瞧文

第六十四回　卻外寇奸黨冒功　媚乾娘義兒邀寵

華不起，文華又自恃為欽差大臣，瞧張經不起，兩人止談數語，已是意氣不投，互相冰炭。可巧廣西田州土官婦瓦氏，引狼土兵數千，到了蘇州，經尚按兵不動。巡按御史胡宗憲，誑事文華，彼此聯同一氣，促經發兵，經絕不答覆。及再四催促，方復言永順、保靖兩處人馬，尚未到齊，俟到齊後，出發未遲。原來張經恐文華輕淺，漏洩師期，所以徇情不發，養寇失機云云。筆上有刀。疏方拜發，經已調齊永順、保靖各兵，分道並進，適倭寇自柘林犯嘉興，與參將盧鏜相遇，鏜此時已授參將。鏜本率狼土兵，作為衝鋒，兩下交戰，水陸夾攻，把寇眾殺敗石塘灣，寇眾北走平望，又碰著總兵俞大猷，強將手下無弱兵，寇眾勉強對仗，不到半個時辰，已殺傷了一半；轉奔王江涇，又是兩路兵殺到。一路是永順兵，由宣慰使彭翼南統帶，一路是保靖兵，由宣慰使彭藎臣統帶，兩路生力軍，似虎似狼，前後互擊，直令寇眾上天無路，入地無門，拚著命敵了一陣，該死的統入鬼門關，還有一時不該死的，竄回柘林。四路得勝的大兵，一齊追殺，到了柘林賊砦，四面縱火，亂燒亂斫，寇眾知是厲害，先已備好小舟，等到火勢一發，大家都逃入舟中，飛槳遁去。這次戰勝，斬首二千級，焚溺無數，自出師防海以來，好算是第一次戰功。不沒張經功績，以見下文之冤死。張經大喜，立刻拜表告捷。

046

這時候的明廷中，早接到文華劾奏，世宗正要派官逮經，不意捷報馳來，乃是張經所發，接連又是文華的捷奏，內稱狼兵初至，經不許戰，由臣與胡宗憲督師，出戰海上，方有此捷。彼此所報異辭，惹得世宗也動疑起來，只好又召嚴相問明。偏又問這老賊。稱為嚴相，是從世宗心中勘出。看官！試想仇人遇著對頭，義兒碰著乾爺，直也變曲，曲也變直，還要問他什麼？當下遣使逮經，並李天寵、湯克寬等，一併拿問。到了京師，隨你如何分辯，總說他冒功誣奏，盡擬處死。嚴嵩又把那楊繼盛等，附入疏尾，共有一百餘人。心同蛇蠍。當奉御筆勾掉九名，於是張經、李天寵、湯克寬及楊繼盛等九名，盡死西市。繳足楊繼盛死案。

經既被逮，改任周玩，天寵遺缺，就委了胡宗憲。未幾，周玩復罷，以南京戶部侍郎楊宜為總督，楊宜恐蹈經轍，凡事必諮商文華，文華威焰愈盛。唯狼土兵只服張經，不服文華、楊宜等人，遂不受約束，騷擾民間，倭寇探悉內情，又入集柘林，分眾犯浙東，轉趨浙西，直達安徽，從寧國、太平，折入南京，出秣林關，劫溧陽、宜興，抵無錫，趨滸墅，轉鬥數千里，殺傷四千人。應天巡撫曹邦輔，亟督兵出剿，與寇相遇，儉事董邦政，怒馬突陣，連斬賊首十餘級。邦輔麾軍齊上，賊大敗飛奔，被官軍追至楊家橋，攔入絕地，會集各部兵，四面圍住，見一個，殺一個，見兩個，殺一雙，所有柘林

第六十四回　卻外寇奸黨冒功　媚乾娘義兒邀寵

遣來的寇黨，殺得一個不留。文華聞寇眾被圍，兼程趨赴，欲攘奪邦輔功勞，及行至楊家橋，寇已盡殲，邦輔已馳表告捷，歸功邦政。不勞費心。文華憤甚，乃選集浙兵，得四千人，與胡宗憲一同督領，擬進剿柘林老巢，一面約邦輔會剿。江南兵分三道，浙兵分四道，東西並進。到了松江，聞柘林賊已進據陶家港，遂進營磚橋，賊悉銳衝浙兵，浙兵驚潰，文華等不能禁遏，只好退走。一出手，便獻醜。江南兵也陷賊伏中，死了二百多人。文華只諉罪邦輔，及僉事邦政，奏言兩人慾約後期，以致小挫等情。前此楊家橋一役，盡殲流賊。世宗又要下旨逮問，此次愆期，定有別故。給事中孫濬、夏栻等，力言邦輔實心任事，奏言兩人愆約後期，以致小挫等情，殊屬非是。世宗乃申飭文華秉公視師。文華料賊未易平，乃萌歸志，會川兵破賊周浦，總兵俞大猷，復破賊海洋，文華遂上言水陸成功，請即還朝。及文華到了京師，又奏稱餘倭無幾，楊宜、曹邦輔等，不足平賊，只有胡宗憲可以勝任，於是楊宜免職，邦輔謫戍，獨進宗憲為兵部侍郎，總督東南軍務。

已而東南敗報，相繼入京，世宗頗疑文華妄言，屢詰嚴嵩，嵩曲為解免。文華未免驚惶，又想了一法，推在吏部尚書李默身上，只說他與張經同鄉，密圖報復，所遣東南將吏，多不得人，以致敗衄。世宗將信未信，會李默發策試士，試題中有「漢武征四

夷，海內虛耗，唐憲復淮蔡，晚節不終」等語。文華又得了間隙，即將策題封入，劾奏李默訕謗朝廷。這奏上去，當即降旨，將李默奪職，下獄拷訊，坐罪論死。又屈死了一個。

先是文華自浙返京，攜回珍寶，先往嚴府請安，見了嚴嵩及世蕃，當將上等奇珍，奉獻數色，嚴嵩自然喜歡，文華又入內室，叩見嵩妻歐陽氏，復獻上精圓的珍珠，翡翠的寶玉，且口口聲聲，呼歐陽氏為母親，說了無數感激的話兒。婦人家最愛珍飾，又喜奉承，瞧著這義子文華，比世蕃要好數倍，正是愛上加愛，喜上加喜。方在慰問的時候，嚴嵩適自外入內，文華忙搶步迎接，步急身動，腰間的佩帶，兩邊飄舞，也似歡迎一般。至嵩入就座，與文華續談數語，歐陽氏忽插口道：「相公年邁，所以遇事善忘。」嵩驚問何故？歐陽氏微笑，指著文華的腰帶道：「似郎君為國效勞，奔走南北，乃仍服著這項腰帶，升任尚書的意思。難道相公不能替他更新麼？」這句話，明明是暗諷嚴嵩，嵩以手拈鬚道：「老夫正在此籌畫哩，叫他為文華保舉，升任尚書。」文華急下拜道：「難得義父母如此厚恩，為兒設法升官，這正所謂欲報之德，昊天罔極呢。」叫你多送點珍寶，便好報德。嵩隨口說道：「這沒有什麼難處。」歐陽氏必著忙。文華此時，非常快活，接連磕了幾個響頭，方才起來。這段描復親自離座，去扶文華，

第六十四回 卻外寇奸黨冒功 媚乾娘義兒邀寵

摹，唯妙唯肖。當即由嵩賜宴，加一賜字妙。兩老上座，文華坐左，世蕃坐右，歡飲至晚，方才告別。

不到數日，即有李默一案發生，默與嵩本不相協，天然如此，不然，文華何敢劾奏。文華把他劾去，嵩亦暗中得意，乃入白世宗，極稱文華的忠誠。世宗遂擢文華為工部尚書，並加封太子少保。文華喜出望外，忙去叩謝嚴嵩。嵩語文華道：「我窺上頭的意見，還是有些疑你，不過看我的顏面，加你官爵，你須想個法子，再邀主眷，方好保住這爵位呢。」文華復叩頭道：「還仗義父賜教。」嵩捻著須道：「依我看來，不如再出視師。」文華道：「聞得兵部議定，已遣侍郎沈良才出去，如何是好？」嵩笑道：「朝旨尚可改移，部議算作什麼！據此兩語，可見嚴氏勢力。你自去奏請視師，我再替你關說數語，保管易沈為趙了。」文華大喜，叩別回寓，即忙拜本自薦。嵩又為言良才不勝重任，不如仍遣文華，江南人民，感念文華德惠，現尚引領遙望呢。不是江南人感德，卻是分宜人感饋呢。世宗乃命文華兼右副都御史，提督浙閩軍務，再下江南，沈良才仍回原職，自不必說。小子有詩嘆道：

黜陟權由奸相操，居然賊子得榮褒。
試看獻媚低頭日，走狗寧堪服戰袍。

050

文華再出視師，果能平倭與否，且至下回敘明。

倭寇與海盜聯繫，屢犯江浙，自當以禦擊為先。朱紈、王忬，皆專閫材，足以辦賊，乃先後去職，忤且飲恨自盡。至張經繼任，雖傲然自大，不無可訾，然王江涇一役，斬馘至二千級，當時推為第一勝仗，要不得謂非經之功。趙文華何人？乃敢冒功誣奏乎？是回於張經功過，鳌然並舉，而功足掩過之意，即在言外。文華既誣死張經，復誣罪曹邦輔，回朝以後，復陷害李默，種種鬼蜮，彷彿一嚴嵩小影。嵩為義父，文華為義兒，臭味相投，無怪其然。故文華所為之事，嵩必曲護之，至敘入嵩妻歐陽氏一段，描摹盡致，尤見得齷齪小人，善於獻媚，後世之夤緣內室，藉此博官者，無在非文華也。試展此回讀之，曾亦自覺汗顏否乎？鑄奸留影，為後人戒，知作者之寓意深矣。

051

第六十四回　卻外寇奸黨冒功　媚乾娘義兒邀寵

第六十五回

胡宗憲用謀賺海盜　趙文華弄巧忤權奸

卻說趙文華再出視師，仗著監督的名目，益發耀武揚威，凌脅百官，蒐括庫藏，兩浙、江淮、閩、廣間，所在徵餉，一大半充入私囊。不如是，不足饋嚴府。到了浙江，與胡宗憲會著，宗憲擺酒接風，特別恭謹。為報德計，理應如此。席間談及軍事，宗憲嘆道：「舶盜倭寇，日結日多，萬萬殺不盡的，若必與他海上角逐，爭到何時，愚意不若主撫。」文華道：「撫倭寇呢，撫舶盜呢？」據此一問，已見文華之不知兵。宗憲道：「倭寇不易撫，也不勝撫，自然撫舶盜為是。」文華道：「兄既有意主撫，何不早行籌辦？」宗憲道：「承公不棄，力為保薦，自小弟忝督軍務，巡撫一缺，即由副使阮鶚繼任，他偏一意主剿，屢次掣肘，奈何？」文華道：「有我到此，可為兄作主，何畏一鶚？」宗憲道：「舶盜甚多，也不是全然可撫呢。目下舶盜，汪直為魁，但他有勇無

第六十五回　胡宗憲用謀賺海盜　趙文華弄巧忤權奸

話分兩頭，且說宗憲既議決軍情，便放心安膽，照計行去，先遣指揮夏正，往說徐海。海系杭州虎跑寺僧，因不守清規，姦淫大家姬妾，為地方士紳所逐，他遂投奔海上，與海寇陳東、麻葉結合，自稱平海大將軍，東劫西掠，擄得兩個女子，作為侍妾，一名翠翹，一名綠珠，面貌很是妖豔，海遂左抱右擁，非常寵愛。夏正受宗憲計，揀了最好的珠寶簪珥，往贈翠翹、綠珠，囑她們乘間說海，歸附朝廷，一面竟入見徐海道：「足下奔波海上，何若安居內地？屈作倭奴，何若貴為華官？利害得失，請君自擇！」徐海沉思良久道：「我亦未嘗不作此想，但木已成舟，不便改圖。就使有心歸順，朝廷亦未必容我呢。」已被夏正說動了。夏正道：「我奉胡總督命，正為撫君而來，君有何疑？」海復道：「胡總督甚愛足下，所以命我到此，否則足下頭顱，已恐不保，還要我來什麼？」夏正道：「我此時變計歸順，胡總督即不殺我，也不過做了一個兵士罷了。」

謀，尚不足慮，只有徐海、陳東、麻葉三人，刁狡得很，恰不可不先收服。」文華道：「徐海等既系刁狡，難道容易收服麼？」宗憲笑道：「小弟自有計較，只待公到，為弟作主，便好順手去辦了。」言至此，即與文華附耳數語，宗憲頗有幹才，只因他趨附嚴、趙所以失名。文華大喜，便將一切軍事，託付宗憲，自己唯徵發軍餉，專管銀錢要緊。這是他的性命。

054

利誘威嚇，不怕徐海不入彀中。海投袂起座道：「我也不怕胡總督，你去叫他前來，取我頭顱。」夏正道：「足下且請息怒，容我說明情由。」一面說著，一面恰故意旁視左右，惹得徐海動疑起來，遂命左右退出，自與夏正密談。夏正復道：「陳東已有密約，縛君歸降呢。」徐海大驚道：「可真麼？」正復道：「什麼不真！不過陳東為倭人書記，胡總督恐多反覆，所以命我招君，君如縛獻陳東、麻葉兩人，歸順朝廷，這是無上的大功，胡總督定然特奏，請賞世爵哩。」徐海不禁沉吟。夏正道：「足下尚以陳東、麻葉為好人麼？君不負人，人將負君。」海乃道：「待我細思，再行報命。」正乃告別。

徐海即令人窺探陳東消息，可巧陳東已聞他迎納夏正，適在懷疑，見了徐海的差人，惡狠狠的說了數語，差人返報徐海，海默忖道：「果然了，果然了。」入與二妾商議，二妾又竭力慫恿，叫他縛寇立功。貪小失大，婦女之見，往往如此。海遂誘縛麻葉，獻至軍前。宗憲毫不問訊，即令左右將他釋縛，好言撫慰，且囑他致書陳東，設法圖海。麻葉方恨海入骨，哪有不唯命是從？立刻寫就書信，呈繳宗憲。宗憲並不直寄陳東，偏令夏正寄與徐海，兵不厭詐，此等反間計，恰好用這三人身上。徐海即將麻葉原書，寄與薩摩王旁弟。薩摩王是倭寇中首領，陳東正在他親弟幕中，充當書辦，見了此書，惱怒非常，也不及查明虛實，竟將陳東拿下，解交徐海。徐海得了陳東，東尚極

第六十五回　胡宗憲用謀賺海盜　趙文華弄巧忤權奸

口呼冤，海卻全然不睬，帶領手下數百人，押住陳東，竟來謁見胡宗憲。宗憲邀同趙文華，及巡撫阮鶚，邀鶚列座，無非是自鳴得意。依次升堂。文華居中，胡、阮分坐兩旁，傳見徐海。海戎裝入謁，叩頭謝罪，並向宗憲前跪下。宗憲起身下堂，手摩海頂道：「朝廷已赦汝罪，並將頒賞，你休驚恐，快快起來！」海應聲起立，當由海手下黨羽，牽入陳東。宗憲賞畢，請借地屯眾，宗憲笑道：「由你自擇罷。」海答道：「莫若沈莊。」賞徐海。海領賞畢。宗憲只詰責數語，也未嘗叱令斬首。此中都有作用。一面取出金帛，犒宗憲道：「你去屯紮東沈莊，西沈莊我要駐兵呢。」海稱謝自去。原來沈莊有東西兩處，外海內河，頗稱險固，徐海請就此屯紮，尚是一條盤踞險要的計畫。早已入人牢籠，怕你飛到哪裡去。

宗憲見徐海已去，卻轉問陳東道：「你與徐海相交多年，為何被他擒獻呢？」反詰得妙。陳東正氣憤填胸，便說徐海如何刁姦，並言自己正思歸降，反被海縛獻邀功，狡點如此，望大帥切勿輕信！宗憲微笑道：「原來如此，你果有心歸誠，我亦豈肯害你？純是誑語。但你手下可有餘眾麼？」陳東道：「約有二三千人。」宗憲道：「你去招他進來，扎居西沈莊，將來我仍令你統率，好伺察這徐海呢。」東大喜稱謝。宗憲忙令解縛，令他即日發書招眾至西沈莊，暗中恰詐為東書，往寄東黨道：「徐海已結好官兵，

056

指日剿汝，汝等趕緊自謀，不必念我。」這封書到了西沈莊，東黨自然摩拳擦掌；要去與東沈莊廝殺。個個中宗憲計，好似猴人弄猴。東黨退去，徐海方頓足大悟道：「我中計了。」曉得遲了。急忙修好密書，投遞薩摩王，說明自己與陳東，皆被宗憲所賺，悔之無及，今反自相殘殺，勢孤力窮，請王速發大兵，前來相救，事尚可圖等語。當下遣偏裨辛五郎，齎書潛往，誰知早被胡宗憲料著，遣參將盧鐣，守候途中，辛五郎適與相遇，無兵無械，被盧鐣手到擒來。徐海尚眼巴巴的望著倭兵，忽有黨羽來報，趙文華已調兵六千，與總兵俞大猷，先到莊前，直趨沈莊來了。徐海忙了手腳，忙令手下掘塹築柵，為自守計。文華所調兵士，也是這般。幸俞大猷從海鹽進攻，竟從東莊後面，乘虛攻入。文華不及防備，只好棄寨逃命，一直奔至梁莊，官軍從後追擊，巧值大風捲地，乘風縱火，把徐海手下的賊眾，燒斃大半。徐海呼道：「不要縱逃賊首徐海，他已入水去了。」徐海方在梟水，聽著此語，忙鑽入水底，有善泅水的官兵，搶先入水，紛紛撈捉。此時殘寇敗眾，陸續投水，橫屍滿河，打撈費事，等到捉著徐海，已是鼻息全無，魂靈兒早入水府去了。徐海已死，立即梟首，只翠翹、綠

第六十五回　胡宗憲用謀賺海盜　趙文華弄巧忤權奸

珠兩美女，查無下落，大約在東沈莊中，已經斃命。倒是同命鴛鴦。這也不在話下。

且說東沈莊已破，西沈莊亦立足不住，陳東餘黨，相率逃散，趙文華等奏稱大捷，世宗命械繫首惡，入京正法，文華乘此入朝，押解陳東、麻葉，到了京師，行獻俘禮，陳東、麻葉磔死。加授文華為少保，宗憲為右都御史，各任一子錦衣千戶，餘將升賞有差。只阮鶚未曾提起。文華得此厚賞，又跑至嚴府叩謝，所有饋遺，比前次更加一倍，嚴嵩夫婦，倒也歡喜得很。獨世蕃滿懷奢望，聞得文華滿載而歸，料有加重的饋遺，文華恰知他生性最貪，平常物件，不必送去，獨用了黃白金絲，穿成幕帳一頂，贈與世蕃，又用上好的珍珠，串合攏來，結成寶髻二十七枚，贈與世蕃的姬妾。原來世蕃貪淫好色，平時聞有美姝，定要弄她到手，所有愛妾，共得二十七人，幾似天子二十七世婦。侍婢不計其數。這二十七位如夫人，個個享受榮華，鮮衣美食，尋常珍奇玩好，都一一饜足邀她一顧，此次文華還京，除饋獻嚴嵩夫婦父子外，連他二十七個寵姬，瞧著寶髻，竟視作普通首飾，沒有什麼希罕。世蕃見了金絲幕帳，也是作這般想，心上很是不足，只因不便討添，勉強收受寵了。唯文華既得帝寵，一時的權位，幾與嚴嵩相等，他暗想所有富貴，全仗嚴家提拔，自古說道盛極必衰，嚴氏倘若勢倒，勢必同歸於盡。誰

058

知自己勢倒，比嚴氏還早，反裝出一副懊惱的形容，長此過去，怕難為繼，不如另結主知，免得受制嚴門。計非不是，其如弄巧反拙何？計劃已定，遂一心一意的等候時機。

一日，至嚴嵩府第，直入書齋，只見嚴嵩兀坐小飲，文華行過了禮，便笑說道：「義父何為獨酌？莫非效李白舉杯邀影麼？」嚴嵩道：「我哪裡有此雅興？年已老了，髮都白了，現幸有人，傳授我藥酒方一紙，據言常飲此酒，可得長生，我照方服了數月，還有效驗，所以在此獨酌哩。」文華道：「有這等妙酒，兒子也要試服，可否將原方借抄一紙。」嚴嵩道：「這也甚便，有何不可？」即命家人將原方檢抄一份，給與文華。文華拜別自去。到了次日，便密奏世宗，言：「臣有仙授藥酒方一紙，聞說依方常服，可以長生不老。大學士嚴嵩，試飲一年，很覺有效，臣近日才知，不敢自私，謹將原方呈，請皇上如法試服，當可延年。」有翼能飛，便相啄母，奸人之不足恃如此。世宗覽疏畢，便道：「嚴嵩有此祕方，未嘗錄呈，可見人心是難料呢。今文華獨來奏朕，倒還有些忠心。」當下配藥製酒，自不消說。

唯內侍聞世宗言，暗中將原疏偷出，報告嚴嵩，嵩不禁大怒，立命家人往召文華，

第六十五回　胡宗憲用謀賺海盜　趙文華弄巧忤權奸

不一時，已將文華傳到。文華見了嚴嵩，看他怒容滿面，心中一跳，連忙施禮請安。嚴嵩叱道：「你向我行什麼禮？我一手提拔你起來，不料你同鳥獍，竟要坑死我麼？」急得文華冷汗遍身，戰競競的答道：「兒，兒子怎敢！」醜態如繪。嚴嵩冷笑道：「你還要狡賴麼？你在皇上面前，獻著何物？」文華支吾道：「沒，沒有什麼進獻。」嚴嵩更不答語，取出袖中一紙，徑向文華擲去。文華忙接過一瞧，嚇得面如土色，只好雙膝跪地，磕頭似搗蒜一般。嚴嵩厲聲道：「你可知罪麼？」文華尚是叩頭，嵩顧著家人道：「兒子知罪，求義父息怒！」嵩復道：「哪個是你的義父！」文華尚是叩頭，連跪伏尚且不許，嚴家之威焰可知。家人聽著此語，還有什麼容情，當有兩人過來，把文華拉出相府。

文華回到私第，左思右想，無法可施，可憐他食不得安，夜不得眠。到了次日，天明即起，早餐才畢，盤算了許多時，方命輿夫整車，快快的登車而行，輿夫問往何處？文華才說是快往嚴府。須臾即至，由文華親自投刺，門上的豪奴，煞是勢利，看見文華，故意不睬。文華只好低心下氣，求他通報。門奴道：「相爺有命，今日無論何人，一概擋駕。」文華道：「相爺既如此說，煩你入報公子。」門奴道：「公子未曾起來。」想

060

與二十七姬共做好夢哩。文華一想，這且如何是好，猛然記起一人，便問道：「萼山先生在府麼？」門奴答道：「我也不曉得他。」文華便悄悄的取出一銀包，遞與門奴，並說了無數好話，門奴方才進去。轉瞬間便即出來，說是萼山先生有請，文華才得入內。看官！你道這萼山先生是何人？他是嚴府家奴的頭目，呼作嚴年，號為萼山，內外官僚，夤緣嚴府，都由嚴年經手，因此人人敬畏，統稱他為萼山先生。文華出入嚴府，所有饋遺，當然另送一份。此時彼此相見，文華特別客氣，與嚴年行賓主禮，嚴年佯為謙恭，互相遜讓一回，方分坐左右。一個失勢的義兒，不及得勢的豪奴。文華便問起嚴嵩父子。嚴年搖首道：「趙少保！你也太負心了。該罵。相爺恨你得很，不要再見你面，就是我家公子，也與你有些宿嫌，暗應上文。恐此事未便轉圜哩。」文華道：「萼山先生！你無事不可挽回，此次總要請你斡旋，兄弟自然感激。」與家奴稱兄道弟，丟盡廉恥。嚴年猶有難色，經文華與他附耳數語，才蒙點首。用一蒙字妙。時已晌午，嚴年方入報世蕃，好一歇，這一歇時，未知文華如何難過。始出來招呼文華。文華趨入，世蕃一見，便冷笑道：「吾兄來此何為？想是急時抱佛腳呢。」文華明知他語中帶刺，但事到其間，無可奈何，只好高拱手，低作揖，再三告罪，再四哀懇，世蕃才淡淡的答應道：「我去稟知母親，瞧著機緣，當來報知。」文華乃去。

第六十五回　胡宗憲用謀賺海盜　趙文華弄巧忤權奸

過了兩三日，不見世蕃動靜，再去謁候，未得會面。又越兩日，仍無消息，但聞嚴嵩休沐，料此日出入嚴府，定必多人，他也不帶隨役，獨行至嚴府內，衝門直入。又到了大廳外面，停住腳步，暗從軒櫺中探望，遙見嚴嵩夫婦，高坐上面，一班乾兒子及世蕃，侍坐兩旁，統在廳中暢飲，笑語聲喧；正在望得眼熱，忽見嚴年出來，慌忙相迎。嚴年低語道：「公子已稟過太夫人了，太夫人正盼望你呢！」文華即欲趨入，嚴年道：「且慢！待我先去暗報。」言畢自去。文華側耳聽著，又閱半响，方聞嵩妻歐陽氏道：「今日闔座歡飲，大眾都至，只少一個文華。」嗣又由嚴嵩接口道：「這個負心賊，還說他什麼？」從文華耳中聽出，敘次甚妙。文華心中一跳，又在櫺隙中偷瞧，見嚴嵩雖如此說，恰還沒甚怒容，隨又聽得歐陽氏道：「文華前次，原是一時冒失，但俗語說得好：『宰相肚裡好撐船，』相公何必常念舊惡呢。」接連是嚴嵩笑了一聲。這時候的趙文華，料知機會可乘，也不及待嚴年回報，竟大著膽闖將進去；走至嚴嵩席前，伏地涕泣。嚴嵩正欲再責，偏是歐陽夫人，已令家婢執著杯箸，添置席上，並叫起文華，入座飲酒，一面勸慰道：「教你後來改過，趣味如何？未幾酒闌席散，文華叩謝而起，方走至坐位前，勉飲數巡。這番列座，相公當不復計較了。」文華叩謝而起，並叫起文華，方走至坐位前，勉飲數巡。這番列座，待外客謝別，方敢告辭。猶幸嚴嵩不甚詞責。總算放心歸去。哪知內旨傳來，令他督建

062

正陽門樓，限兩日竣工，文華又不免慌張起來。正是：

相府乞憐才脫罪，皇城限築又罹憂。

欲知文華何故慌張，容待下回分解。

胡宗憲用謀賺盜，計劃層出不窮，頗得孫吳三昧，徐海、陳東、麻葉，俱因此致戮，不得謂非宗憲之功。唯阿附趙文華，掠奪張經戰績，致為士論所不齒，可見有才尤須有德，才足辦事，而德不足以濟之，終致身名兩敗，此君子之所以重大防也。文華患得患失，心愈苦，計愈左，納寶髻反結怨世蕃，獻酒方即得罪嚴嵩，彼豈竟顧前忘後，鹵莽行事者？蓋緣勢利之見，橫亙方寸，當其納寶髻時，心目中只有嚴嵩，不遑計及世蕃，及獻藥方時，心目中只有世宗，不遑顧及嚴嵩，卒之左支右絀，處處受虧，所謂心勞日拙者非耶？一經作者演述，愈覺當日情形，躍然紙上。

第六十五回　胡宗憲用謀賺海盜　趙文華弄巧忤權奸

第六十六回　汪寇目中計遭誅　尚美人更衣侍寢

卻說嘉靖三十六年四月間，奉天、華蓋、謹身三殿，偶然失火，損失甚巨，世宗下詔引咎，修齋五日。嗣用術士言，擬速建正陽門樓，作為厭禳。文華職任工部，無可推諉，奈朝旨命他兩日竣工，一時倉猝，哪裡辦得成就，因此慌張起來。當下鳩工趕築，早夜不絕，偏是光陰易過，倏忽間過了兩天，門樓只築成一半。適嚴嵩入直，世宗與語道：「朕令文華督造門樓，興工兩日，只築一半，如何這般懈弛，敢是藐朕不成？」嵩復奏道：「文華自南征以來，觸暑致疾，至今未癒，想是因此延期，並非敢違慢聖旨呢。」也算回護文華。世宗默然不答。嵩退直後，即飭世蕃報知文華，令他見機引疾，免得遭譴。文華自然遵行，拜疏上去，當由世宗親自批答，令他回籍休養。文華接旨，只好收拾行裝，謝別嚴府。歐陽夫人，尚是憐他，命他留住數日，文華也就此留京，意

第六十六回　汪寇目中計遭誅　尚美人更衣侍寢

中還望復職。適世宗齋祀，停進封章，文華令蔭子懌思（文華宗憲子，各任錦衣千戶，已見上次）。請假宮中，說是送父啟程，無非望世宗再行留他。不料有旨傳下，竟斥懌思顧家忘國，著即成邊；文華意存嘗試，目無君上，應削職為民。又是弄巧成拙。文華見了此旨，不由的涕淚交流，形神俱喪，又經父子泣別，愁上加愁，沒奈何帶著家眷，僱舟南下。他平時本有蠱疾。遇著這番挫折，正是有生以來第一種失意事，哪得不故疾復發。一夕，忽脹悶異常，用手摩腹，撲的一聲，腹竟破裂，腸出而死。想是中飽太多，致此孽報。所有嬌妻美妾，扶喪歸去，把從前富貴榮華，都付作泡影了。

且說胡宗憲聞文華罷歸，失了內援，心中未免懊悵，所應剿的海寇，雖已除了徐海、陳東諸人，尚有汪直未死，仍然縱橫海上。宗憲與汪直，同系徽人，直為海寇，母妻未曾帶去，被拘獄中，宗憲令同鄉士卒，至徽州釋直母妻，迎至杭州，館待甚厚，且親去慰問一次，囑他母妻致書招直。直得家書，才知家屬無恙，意頗感動。宗憲又遣寧波諸生蔣洲往說汪直，直喟然道：「徐海、陳東、麻葉三人，統死在胡督手中。宗憲又道也自去尋死麼？」蔣洲道：「此言錯了。徐海、陳東等人，與胡督並非同鄉，現在足下寶眷，俱在杭州，一切衣食，統由胡總督發給，足下試思！若非唸著鄉親，肯這般優待麼？」直復道：「據

你說來，胡督真無意害我麼？」蔣洲道：「非但無意害君，還要替君保奏。」直躊躇半晌，方道：「既如此，你且先去！我便率眾來降了。」洲遂與他約期而別，返報宗憲，據事陳明！宗憲大喜，誰知待了數日，毫無影響。巡按周斯盛，入語宗憲道：「此必汪直詐計，蔣洲被賊所紿，反來誑報，也不能無罪呢。」當下將蔣洲系獄。洲復追述宣諭始末，並言汪直為人，粗魯豪爽，不致無故失約，此次愆期，或為逆風所阻，亦未可知。供簿才畢，外面有騎卒稟報，稱是：「舟山島外，有海船數艘，內有寇眾多人，頭目便是汪直，他雖說是來降，沿海將吏，因他人多滋疑，已經戒備，只稟大帥，如何處置便了。」宗憲道：「他既願來投誠，何必疑他。」當與周斯盛商議，仍擬遣蔣洲招直。尚恐蔣洲難恃，請另遣別人。亦由斯盛一言，乃知塞翁失馬，未始非福。另遣指揮夏正，往招汪直。直見將吏戒嚴，斯盛未免心慌，當問夏正道：「蔣先生何故不來？」夏正道：「蔣先生適有別遣，無暇到此。」汪直道：「胡督疑我誤期麼？蔣先生何故不來？」夏正道：「胡督心性坦白，斷不致疑。」直終未信，只遣養子王㴐，隨夏正見宗憲。宗憲問直何為未至？王㴐道：「我等好意投誠，乃聞盛兵相待，莫怪令人滋疑了。」宗憲解諭再三，王㴐乃道：「汪頭目極願謁見大帥，奈被左右阻住，如蒙大帥誠意招待，可否令一

067

第六十六回　汪寇目中計遭誅　尚美人更衣侍寢

貴官同去。易我頭目上來，以便推誠相見。」宗憲道：「這也何妨。」仍著夏指揮同行便了。夏正奉命，只好再與王激同往，當由王激留住舟中，一面請汪直登岸，去見宗憲。宗憲居然開門相迎，直入門請罪，跪將下去。宗憲忙親自扶起，笑說道：「彼此同鄉，不音弟兄，何必客氣。」遂邀他坐了客位。直既坐定，慨然道：「大帥不記前非，招我至此，身非木石，寧有不感激隆情？此後肅清海波，借贖前罪。」直大喜道：「這全仗大帥提拔為，他日為國家出力，分土酬庸，爵位當在我輩之上。」宗憲遂盛筵相待，一面令麾下發給蔬米酒肉，送與直舟，即派夏正為東道主，款待舟中黨目。直此時已喜出望外，筵宴既罷，留直住居客館，命文牘員繕好奏疏，請赦汪直前罪，即日拜發出去。

過了數天，復旨已到，由宗憲展開恭讀，不禁皺起眉來，原來復旨所稱：「汪直系海上元凶，萬難肆赦，即命就地正法」云云。宗憲一想：「這事如何了得，但朝旨難違，只好將直梟首，夏指揮的生死，當然不能兼顧了。」隨即不動聲色，即日置酒，邀汪直入飲。酒至數巡，宗憲拱手道：「我日前保奏足下，今日朝旨已轉，足下當高升了。」直才說了「感謝」二字，但見兩旁的便門齊闢，擁出無數持刀佩劍的甲士，站立左右，汪直甚為驚異。宗憲高聲語直道：「請足下跪聽朝旨。」直無奈離座，當由宗憲

068

上立，直跪在下面，宗憲依旨朗讀，唸到「就地正法」四字，即有甲士上前，竟將直捆綁起來。直厲聲道：「胡宗憲！胡宗憲！我原說你靠不住，不料又墮你計，你真刁狡得很！」罵亦無益。宗憲道：「這恰要你原諒，奏稿具在，不妨檢與你看。」直恨恨道：「還要看什麼奏稿，總之要我死罷了。」宗憲也不與多辯，當命刀斧手百名，將汪直推出轅門，號炮一聲，直首落地。這信傳到直舟，那班殺人不貶眼的黨目，個個氣沖牛斗，立把夏正拿下，你一刀，我一劍，剁作肉泥，無端為汪直償命，這是宗憲誤人處。當即揚帆自去。黨眾尚有三千人，仍然聯繫倭寇，到處流劫，宗憲也不去追擊。夏正死不瞑目。竟奏稱巨憝就誅，蕩平海寇等語。世宗大悅，封宗憲為太子太保，餘皆遷賞有差，這且慢表。

且說世宗聞外寇漸平，正好專心齋醮，且云：「叛惡就擒，統是鬼神有靈，隱降誅殛。」因此歸功陶仲文，加封為恭誠伯。唯紫府宣忠高士段朝用，偽謀被洩，下獄誅死。朝用由郭勛進身，勛已早死，朝用何能長生？一面命翰林院侍讀嚴訥，修撰李春芳等，並為翰林學士，入直西內，代撰青詞。內外臣工，統是揣摩迎合，陰圖邀寵。徽王載埨，系英宗第九子見沛曾孫，承襲祖蔭，嗣封鈞州。他父厚熞，素與陶仲文結交，仲文稱他忠敬奉道，得封真人，頒給金印。藩王加封真人，古今罕聞。厚熞死後，載埨

069

第六十六回　汪寇目中計遭誅　尚美人更衣侍寢

嗣爵，奉道貢媚，世宗仍命佩真人印。時有南陽方士梁高輔，年逾八十，鬚眉皓白，兩手指甲，各長五六寸，自言能導引服食，吐故納新。載壡遂請他入邸，虔求指教。高輔慨然應允，除面授吐導外，再替他修合妙藥。看官！你道他藥中用著何物？據《明史雜聞》上記及，是用童女七七四十九人，第一次天癸，露晒多年，精心煉製，然後可服。服食後，便有一種奇效，一夕可御十女，恣戰不疲，與地仙無異。」原來是一種春藥。載壡依法服食，即與妃嬪等實地試驗，果然忍久耐戰，與前此大不相同。他恰不敢蔽賢，遂遍書仲文，請為高輔介紹，薦奉世宗，世宗年已五十，精力凌衰，後宮嬪御，尚有數十，靠了一個老頭兒，哪裡能遍承雨露，免不得背地怨言，世宗也自覺抱歉，就使微有所聞，也只好含忍過去。此次由仲文薦入高輔，傳授嬰兒妃女的奇術，並彭祖、容成的遺方，一經服習，居然與壯年一般，每夕能御數妃，喜得世宗欣幸過望，立授高輔為通妙散人，且因載壡薦賢有功，加封為忠孝真人。載壡益自恣肆，擅壞民屋，作台榭苑囿，杖殺諫官王章，又微服遊玩揚州，被巡兵拘住，羈留三月，潛行脫歸，暗中卻貽書高輔，湊巧高輔有信寄到，託詞借貸，私索賄賂，高輔擱置不報。載壡待了多日，未得複音，再擬發書詰責，誰知惠我好音，一時不及提煉，憶尊處尚有展書一瞧，並沒有什麼財帛，載在書中，只說是皇上需藥，

餘藥，特遣人走取云云。那時載塏不禁大憤，勃然說道：「兀那負心人，不有本藩，何有今日？我欲求他，他絕不提起，我還要答應他麼？」當下復絕來使，只說是存藥已罄，無從應命。來使去後，恰著人齎藥入京，給與陶仲文，託他權詞入獻，不送去也罷了，偏要多一周折，真是弄巧反拙了。高輔聞知此事，很是怨恨，便入奏世宗，把載塏在邸不法事，和盤說出。未免負心。世宗即隱遣中官密訪，至中官還奏，所有高輔奏請的事情，語語是實。並說載塏詐稱張世德，自往南京，強購民女等因，於是世宗震怒，奪去載塏的真人印。陶仲文雖愛載塏，也不敢代為辯護。冤冤相湊，有南中民人耿安，叩閽訴冤，告稱載塏奪女事，安知非梁高輔主使。當下遣官按治，復得實據，獄成具奏。有詔廢載塏為庶人，幽錮鳳陽。載塏悔恨交迫，竟爾投繯自盡，妃妾等亦皆從死，想是房術的感念。子女被徙開封，徽王宗祀，從此中絕了。

載塏既死，世宗益寵信梁高輔。高輔為帝合藥，特別忠勤，且選女八歲至十四歲的凡三百人，入宮豢養，待他天癸一至，即取作藥水，合入藥中。由高輔取一美名，叫做先天丹鉛。嗣又選入十歲左右的女子，共一百六十人，大約也是前次的命意。這四五百童女，閒居無事，或充醮壇役使，或司西內供奉。內中有個姓尚的女子，年僅十三，秀外慧中，選值西內，一夕黃昏，世宗坐誦經偈，運手擊磬，忽覺睏倦起來，打了一個磕

第六十六回　汪寇目中計遭誅　尚美人更衣侍寢

睡，把擊磬的槌，誤敲他處，諸侍女統低頭站著，不及瞧見，就使瞧著了他，也不敢發聲。獨尚女失聲大笑，這一笑驚動天顏，不禁張目四顧，眼光所射，正注到尚女面上，梨渦半暈，尚帶笑痕，本擬疾聲呵叱，偏被她一種憨態，映入眼波，不知不覺的消了怒氣，仍然回首看經。可奈情魔一擾，心中竟忐忑不定，只瞳神兒也不由自主，只想去顧尚女。尚女先帶笑靨，後帶怯容，嗣又俯首弄帶，越顯出一副嬌痴情狀。燈光下看美人，愈形其美。世宗越瞧越愛，越愛越憐，那時還有什麼心思唸經？竟信口叫她過來，一面令各侍女退出。各侍女奉旨退班，多半為尚女捏一把汗，偏這世宗叫過尚女，略去意世宗竟攏她笑靨，便擲去磬槌，順手牽住尚女，令坐膝上。尚女不敢遽就，又不敢竟卻，誰她履歷數語，硬與她親一個吻。想是甘美異常，比天癸還要可口。尚女急擺脫帝手，立起身來，世宗豈肯放過，復將她纖腕攜住，扯入內寢。當下服了仙藥，霎時間熱氣滿腹，陽道勃興，看官！你想此時的尚女，還從哪裡逃避？只好聽世宗脫衣解帶，同上陽台；但嫩蕊微苞，遽被搗破，這尚女如何禁當得起？既不敢啼，又不敢叫，沒奈何囓齒忍受。此時恐笑不出來。世宗亦特別愛憐，留些不盡的餘地。畢竟皇恩隆重，不為已甚，不能，一時間狂蕩起來，尚女無法可施，只得在枕畔哀求。偏是藥性已發，欲罷勉強停住雲雨，著衣下床，出令內侍宣召莊妃。（莊妃事在此處插入，銷納無痕）。莊妃

姓王，從丹徒徙居金陵，由南都官吏選入，初未得寵，寂寞深宮，未免傷懷。她卻幼慧能詩，吟成宮詞數律，借遣愁衷。適被世宗聞知，因才憐色，遂召入御寢，春宵一度，其樂融融，遂冊為莊妃。嗣加封貴妃，主仁壽宮事。先是方后崩後（應五十九回），正宮虛位，世宗屬意莊妃，陶仲文窺知上意，暗向莊妃索賂，當為援助。世宗本信重仲文，況連立三后，仲文因此懷恨，遂上言帝命只可特尊，不應他人敵體。世宗雖重仲文，不便強為，此番宣召，實是令她瓜代的意思。待至莊妃召至，尚女已起身別去。唯寵愛莊妃，不違中宮，依然中絕，想是命數使然，不便強為，遂將立后事擱起不提。唯寵愛莊妃，不遑與莊妃談論，便令她卸妝侍寢，續夢高唐。莊妃年逾花信，正是婪尾春風，天子多情，佳人擅寵，恰似一對好鳳凰，演出兩度風流事，這且不必瑣述。已不免瑣述了。越兩宿，世宗復召幸尚女，尚女還是心驚，推了片時，無法違旨，只好再去領賜。不意此夕承歡，迴殊前夕，始尚不免驚惶，後竟覺得暢快，一宵歡愛，筆難盡描。世宗稱她為尚美人，後復冊封壽妃。又要大笑了。正在老夫少妻，如膠如漆的時候，忽有一內監趨入，呈上一幅羅巾，巾上有無數血痕，由世宗模模糊糊的，細覽一番，方辨出一首七言的律句來。

其詩道：

第六十六回　汪寇目中計遭誅　尚美人更衣侍寢

悶倚雕欄強笑歌，嬌姿無力怯宮羅。
欲將舊恨題紅葉，只恐新愁上翠蛾。
雨過玉階天色淨，風吹金鎖夜涼多。
從來不識君王面，棄置其如薄命何。

世宗閱罷，不禁流下淚來，究竟此詩為誰氏所作，且看下回表明。

明有兩汪直，一為宮役，一為海寇，兩人以直為名，非但不足副實，且皆為罪不容死之徒。然彼此互較，吾寧取為海寇之汪直。直亡命有年，顧聞母妻之居養杭州，即有心歸順，似尚不失為孝義。後與蔣洲約降，中途遇風，仍易舟而來，其守信又可概見。宗憲為之保奏，使之清海自贖，亦一時權宜之計，明廷不察，必令誅戮降附，絕人自新之路，且使被質之夏正，為所支解，吾不禁為汪直呼冤，吾又不禁為夏正呼冤也。世宗有意修醮，乃好殺如彼，而好仙又如此，方士雜進，房術復興，清心寡慾者，固如是乎？況年逾五十，竟逼十三齡之女子，與之侍寢，當時只圖色慾，不計年齡，其後不肇武曌之禍者，猶其幸爾。或謂尚美人不見史傳，或系子虛，然稗乘中固明載其事，夫莊妃且不載正傳，況尚美人乎？史筆多從闕略，得此書以補入之，亦束晰補亡之遺義也。

第六十七回

海剛峰剛方絕俗　鄒應龍應夢劾奸

卻說世宗看罷血詩，不禁流淚。這血詩系宮人張氏所作，張氏才色俱優，入宮時即蒙召幸，但性格未免驕傲，平時恃著才貌，不肯阿順世宗，當夕數次，即致失寵。秋扇輕捐，人主常態。嗣是禁匿冷宮，憂鬱成疾，嘔血數月，夭瘥而亡。未死前數日，便將嘔出的餘血，染指成詩，書就羅巾上面，繫著腰間。明代後宮故例，蒙幸的宮人，得病身亡，小斂時必留身邊遺物，呈獻皇上，作為紀念。張氏死後，宮監照著老例，取了羅巾，齎呈世宗。世宗未免有情，哪得不觸起傷感？當下便詰責宮監，何不早聞？宮監跪奏道：「奴婢等未曾奉旨，何敢冒昧上瀆？」這語並未說錯。世宗聞言，不覺變悲為怒，斥他挺撞，喝令左右將他拿下，一面趨出西內，親自去看張氏。但見她玉骨如柴，銀眸半啟，直挺挺的僵臥榻上，不由的嘆息道：「朕負你了。」說畢，搵著兩行淚珠，

第六十七回　海剛峰剛方絕俗　鄒應龍應夢劫奸

叱將內侍攙出數人，與前時拿下的宮監，一同加杖。有幾個負痛不起，竟致斃命，這且休表。

且說前錦衣衛經歷沈㶉，因劾奏嚴嵩，謫戍保全，獨赴戍所（應六十二回），里中父老，聞悉得罪原因，共為扼腕，遂闢館居，競遣子弟就學。諄諄教誨，每勖生徒以忠孝大節，及嚴嵩父子作奸罔上等情，塞上人素來戇直，既聞語，交口罵嵩，或單騎遊居庸關，且縛草為人像，一書李林甫，一書秦檜，一書嚴嵩，用箭攢射，拍手稱快。遙望，往往戟手南指，詈嵩不已，甚至痛哭乃歸。嫉惡太嚴，亦是取死之道。這事傳達京師，嵩父子切齒痛恨。適宣府巡按路楷，及總督楊順，統系嵩黨，世蕃遂囑使除路、楊兩人，自然奉命唯謹。會蔚州獲住妖人閻浩，連坐頗眾，楊順語路楷道：「此番可以報嚴公子了。」路楷道：「莫非將名竄入麼？」一吹一唱，確是同調。楊順點頭，遂誣勾通妖人，意圖不軌。奏牘上去。內有嚴嵩主持，還有什麼不准。即日批覆，著令就地正法。楊順便命縛，牽入市中，將他斬首，籍沒家產。嵩給順一子錦衣千戶，楷擢太常卿，順意尚未足，快快道：「嚴公不加厚賞，難道心尚未愜麼？」復將子襄、袞、褒三人，一同系獄。袞，褒不堪遭虐，先後致死。襄發戍極邊。

未幾，有韃婦桃松寨，叩關請降，當由楊順傳入，桃松寨以外，尚有頭目一人。桃松寨自言，系俺答子辛愛妾，受夫荼毒，因此來歸。順不及細訊，即將兩人送入京師。其實兩人是一對露水夫妻，恐被辛愛察出，或至喪命，所以同來降順。辛愛遣使索妾，為順所拒，遂集眾二十萬，入雁門塞，連破應州四十餘堡，進掠大同，圍右衛數匝。楊順大恐，只得致書辛愛，願送還桃松寨，乞令緩兵。尚書許論，一面申奏朝廷，詭言辛愛款關，願以叛人邱富等，易還桃松寨，奏下兵部復訊。尚書許論，請如順議，乃給桃松寨出塞，使楊順陰告辛愛。辛愛捕戮桃松寨，仍然圍攻大同右衛，且分兵犯宣、薊，順又大懼，賄巡按路楷七千金，求為掩蔽。楷愛財如命，自然代他遮瞞。可奈天下事若要不知，除非莫為，楊、路交蔽的情形，漸被給事中吳順來察覺，抗疏並劾。世宗方怒順召寇，見了此奏，立命逮順及楷下獄。兵部尚書許論，亦連坐罷官，另簡楊博為兵部尚書。廷議以博素知兵，欲御北寇，非博不辦，乃命博出督宣、大軍務。博馳檄各鎮，諭諸帥剋日會集，同仇禦侮。辛愛聞知此信，引兵徑去。已而辛愛復號召諸部，入寇灤河，薊遼總督王忬，發兵防剿，號令數易，遂致失利，寇大掠而去。

先是楊繼盛冤死，王忬令子世貞，代為治喪，且作詩哀弔，暗刺嚴嵩，嵩因此恨

077

第六十七回　海剛峰剛方絕俗　鄒應龍應夢劾奸

忤。忤有古畫一幅，為世蕃所聞，遣人丐取，得畫而歸。嗣因畫系贗鼎，料知為忤所欺，心益不平。至是灤河聞警，震動京師。都御史鄒懋卿，密承嵩囑，竟罹大辟，令御史王漸、方輅等，交章劾忤，說他縱寇殃民，遂由嵩擬旨逮問，鍛鍊成獄，竟羅大辟，令御史鄒懋卿，極稱他熟悉鹺政，可為總理。世宗立即允准，特命懋卿總督全國鹽運。適鹽課短絀，遂乘機保薦兩浙、兩淮、長蘆、河東鹽運司，各專責成，運司以上，無人統轄。懋卿總理鹽政，乃是當時特設，特別鄭重。自奉命出都後，挈著家眷，巡查各區，沿途市權納賄，勢焰薰天，所有儀仗，非常烜赫，前呼後擁，原不必說，唯後面又有五彩輿一乘，用十二個大腳婦女，充作輿夫，輿中坐著一位半老徐娘，金翠盈頭，羅綺遍體，俊目四顧，旁若無人，這人不必細猜，料應是總理鹽政鄒懋卿的妻室。抬出乃夫的官銜，不啻出喪時的銘旌。彩輿以後，又有藍輿數十乘，無非是粉白黛綠，鄒氏美姬。一日不可無此。及巡至兩處，無論撫按州縣，無不恭迎，供張以外，還要賄送金錢，才得懋卿歡心。

浙，道出淳安，距城數里，並不見有人迎接，復行里許，才見有兩人彳亍前來，前面的衣服襤褸，彷彿是一個丐卒，後面同行的，雖然穿著袍服，恰也敝舊得很，幾似邊遠的驛丞模樣。未述姓氏，先敘服色，仍是倒戟而出之法。兩人走近輿旁，前後互易，由敝

袍舊服的苦官兒，上前參謁。懋卿正在動怒，不由的厲聲道：「來者何人？」那人毫不畏怯，正色答道：「小官便是海瑞。」懋卿用鼻一哼，佯作疑問道：「淳安知縣，到哪裡去，乃令汝來見我。」海瑞復朗聲道：「小官便是淳安知縣。」懋卿道：「你便是淳安知縣麼？為何不坐一輿，自失官體？」海瑞道：「小官愚昧，只知治理百姓，便是淳安了，便自以為幸全官體。今蒙大人訓誨，殊為不解。」懋卿道：「淳安的百姓，都虧你一人治安嗎？」駁得有理。海瑞道：「這是朝廷恩德，撫按規為，小官奉命而行，何功足錄？唯淳安是一瘠縣，並且屢遭倭患，凋敝不堪，小官不忍擾民，為此減役免輿，伏求大人原諒！」懋卿無言可責，只好忍住了氣，勉強與語道：「我奉命來此，應借貴署權住一宵！」海瑞道：「這是小官理應奉迎。但縣小民貧，供帳簡薄，幸大人特別寬宥哩！」懋卿默然。當由海瑞前導，引入縣署。瑞自充差役，令妻女充作僕婢，茶飯酒肉以外，沒有什麼供品。懋卿已懷著一肚子氣，更兼那妻妾等人，都是驕侈成習，口饜膏粱，暗中各罵著混帳知縣，毫沒道理。懋卿反勸慰道：「今日若同他使氣，反似量小難容，將來總好同他算帳。我聞他自號剛峰，撞在老夫手中，無論如何剛硬，管教他銷滅淨盡呢。」海瑞別號，乘便帶出。當下在淳安挨過一宿，翌日早起，便悻悻然登程去了。過了月餘，海瑞在署中接到京信，聞被巡鹽御史袁淳所

第六十七回　海剛峰剛方絕俗　鄒應龍應夢劫奸

劾，有詔奪職。海瑞坦然道：「我早知得罪鄢氏，已把此官付諸度外，彭澤歸來，流芳千古，我還要感謝鄢公呢！」言下超然。便即繳還縣印，自歸瓊山去了。海瑞以外，尚有慈溪知縣霍與瑕，亦因清鯁不屈，忤了懋卿，一同免官。懋卿巡查已畢，飭加鹽課，每歲增四十餘萬，朝旨很是嘉獎。懋卿得了重賂，自然與嚴家父子一半平分。南京御史林潤，劾他貪冒五罪，留中不報。不加罪於林潤，暗中已仗徐階。

是時嚴嵩父子，權傾中外，所有熱中士人，無不夤緣奔走，趨附豪門，獨有翰林院待詔文徵明，狷介自愛，杜絕勢交。世蕃屢致書相招，終不見答。徵明原名文璧，後來以字為名，能文工繪，與祝允明、唐寅、徐禎卿三人，同籍吳中，號為吳中四才子。祝允明別號枝山，唐寅字伯虎，號六如居士，徐禎卿字昌穀，三人皆登科第，文采齊名。祝善書，唐善畫，徐善詩，放誕風流，不慕榮利，唯徵明較為通融。世宗初年，以貢生詣吏部應試，得授翰林院待詔，預修武宗實錄，既而乞歸，張璁、楊一清等，俱欲延致幕下，一律謝絕。四方乞求徵明書畫，接踵到來，徵明擇人而施，遇著權豪貴閥，概不從命，因此聲名愈盛（敘入吳中四子，於徵明獨有褒辭，是謂行文不苟）。就是外國使臣，過他裡門，亦低徊思慕，景仰高蹤。嚴嵩父子，夙加器重，奸人亦愛高士，卻也奇怪。至屢招不往，世蕃遂欲設法陷害。可巧嵩妻歐陽氏患起病來，一時不及

080

兼顧，只好把文徵明事，暫且擱起。

歐陽氏為世蕃生母，治家頗有法度。嘗見嚴嵩貪心不足，頗以為非，每婉言進諫道：「相公不記鈐山堂二十年清寂麼？」看官聽著！這鈐山堂，系嚴嵩少時的讀書堂，嵩舉進士後，未得貴顯，仍然清苦異常，閉戶自處，讀書消遣，著有鈐山堂文集，頗為士林傳誦。當時布衣蔬食，並不敢有意外妄想，及躡入仕途，性情改變，所以歐陽氏引作規誡。不沒善言。嵩未嘗不知自愧，可奈近朱者赤，近墨者黑，既已習成貪詐，就使床第中言，也是不易入耳。歐陽氏見嵩不從，復去訓斥世蕃，世蕃似父不似母，聞著母教，亦當作耳邊風一般，平時徵歌選色，呼類引朋，成為常事；唯一經歐陽氏瞧著，究屬有些顧忌，不敢公然縱肆。至歐陽氏病歿，世蕃當護喪歸籍，嵩上言臣只一子，乞留京侍養，請令孫鵠代行。世宗准奏，於是世蕃大肆佚樂，除流連聲色外，尚是干預朝事。唯名為居喪，究未便出入朝房，代父主議。嵩年已衰邁，時常記憶不靈，諸司遇事請裁，嘗答道：「何不與小兒商議？」或竟云：「且決諸東樓。」東樓便是世蕃別字。可奈世蕃身在苦塊，心在嬌娃，自母氏歿後，不到數月，復添了美妾數人，麻衣縞袂中，映著綠鬢紅顏，愈覺俏麗動人。欲要俏，須帶三分孝。那時銜哀取樂，易悲為歡，每遇朝臣往商，輒屏諸門外；至嚴嵩飛札走問，他正與狎客侍姬，酣歌狂飲，還有什麼閒工

第六十七回　海剛峰剛方絕俗　鄒應龍應夢劾奸

夫，去議國家重事，就使草草應答，也是模糊了事，毫不經心。從前御札下問，語多深奧，嵩嘗瞠目不能解，唯經世蕃瞧著，往往十知八九，逐條奏對，悉當上意。又陰結內侍，纖悉馳報，報必重賞，所以內外情事，無不聞知。迎合上意，賴有此爾。此次世蕃居喪，專圖肉慾，所有代擬奏對，多半隔膜，有時嚴嵩迫不及待，或權詞裁答，往往語帶模稜，甚至前言後語，兩不相符，世宗漸漸不悅；嗣聞世蕃在家淫縱，更加拂意。

適值方士藍道行，以扶乩得幸，預示禍福，語多奇中，世宗信以為神。一日，又召道行扶乩，請乩仙降壇，問及長生修養的訣門。乩筆寫了數語，無非是清心養性，恭默無為等語。世宗又問現在輔臣，何人最賢？乩筆又迅書道：「分宜父子，奸險弄權，大蠹不去，病國妨賢。」十六字勝於千百本奏章。世宗復問道：「果如上仙所言，奸險弄權，何不降災誅殛？」乩筆亦隨書道：「留待皇帝正法。」妙。世宗心內一動，便不再問。究竟藍道行扶乩示語，是否有真仙下降，小子無從證實，請看官自思罷了。不證實處，過於證實。

隔了數日，世宗所住的萬壽宮，忽遇火災，一時搶救不及，連乘輿服御等件，盡付灰燼，御駕只得移住玉熙宮。玉熙宮建築古舊，規模狹隘，遠不及萬壽宮，世宗悒悒不樂，廷臣請還大內，又不見從。自楊金英謀逆後，世宗遷出大內，故不願還宮。嚴嵩

請徙居南內，這南內是英宗幽居的區處。世宗生性，多忌諱，謹小節，覽了嵩奏，怎得不惱，這也是嚴嵩晦運將至，故爾語言顛倒，屢失主歡。時禮部尚書徐階，已升授大學士，與工部尚書雷禮，請重行營建，計月可成，即行許可。階子璠為尚寶丞，兼工部主事，奉命督造，百日竣工。世宗心下大慰，即日徙居，自是軍國大事，多諮徐階，唯齋醮符籙等類，或尚及嚴嵩。言官見嵩失寵，遂欲乘機下石，扳倒這歷年專政的大奸臣，御史鄒應龍，尤具熱誠。一夕，正擬具疏，暗念前時劾嵩得罪，已不乏人，此次將如何下筆？萬一彈劾無效，轉蹈危機，如何是好？想到此處，不覺心灰意懶，連身子也疲倦起來。忽有役夫入請道：「馬已備好，請大人出獵去。」應龍身不由主，竟離座出門，鞍轡具備，當即縱身騰上，由役夫授與弓箭，行了里許，多系生路，正在驚疑交集，驀見前面有一大山，擋住去路，縱轡賓士，行了許，都未射著，免不得著急起來。忽聞東方有鳥鵲聲，回頭一望，見有叢林密蔭，籠住禽兔，只有巨石巖巖，似將搏人，他竟左手拔箭，右手拈弓，要射那塊怪石，一連三箭，彷彿一座樓台，參差掩映，寫得逼真。他恰不管什麼，又復拈弓搭箭，颼的射去，但聽得豁喇一聲，樓已崩倒。為這一響，不由的心中一跳，拭目再瞧，並沒有什麼山林，什麼夫馬，恰只有殘燈閃閃，留置案上，自身仍坐在書室中，至此才覺是南柯一

第六十七回　海剛峰剛方絕俗　鄒應龍應夢劾奸

夢。迷離寫來，令人不可端倪，直到此筆點醒方見上文用筆之妙。是時譙樓更鼓，已聞三下，追憶夢境，如在目前，但不識主何吉凶，沉思一會，猛然醒悟道：「欲射大山，不如先射東樓，東樓若倒，大山也不免搖動了。」解釋真確，並非牽強。遂重複磨墨揮毫，繕成奏稿，即於次日拜發。小子曾記有古詩二語，可為嚴嵩父子作證。其詩道：

時來風送滕王閣，運退雷轟薦福碑。

欲知疏中如何劾奏，且待下回補錄。

海瑞以剛直名，固明史中之所謂佼佼者，坊間小說，及梨園戲劇間，每演嚴嵩，必及海瑞，或且以嚴嵩之得除，由海瑞一人之力，是皆屬後世之附會，不足採及。嚴氏專政，海瑞第宰淳安，即欲劾嵩，亦無從上奏。(後人且於嚴嵩時間，竄入呂調陽、張居正等，與嵩為難，尤屬盲說。)唯鄢懋卿南下，道出淳安，瑞供帳簡薄，抗言貧邑，不能容軒車，致為懋卿所嗛，嗾令巡鹽御史袁淳，彈劾落職，是固備載史傳，非子虛烏有之談也。此外如藍道行扶乩，鄒應龍夢獵，俱見正史，亦非捏造，唯一經妙筆演述，則觸處成春，靡不豁目。中納文徵明一段，旁及吳中四才子，尤足為文獻之徵。史家耶？小說家耶？合而為一，亦足雲豪矣。

第六十八回 權門勢倒禍及兒曹　王府銀歸途逢暴客

卻說御史鄒應龍，因得了夢兆，專劾東樓，拜本上去，當由世宗展覽，疏中略說：

世蕃憑藉權勢，專利無厭，私擅爵賞，廣致饋遺，每一開選，則視官之高下，而低昂其值；及遇升遷，則視缺之美惡，而上下其價；以致選法大壞，市道公行，群醜競趨，索價轉巨。至於交通賊賄，為之通關節者，不下十餘人，而伊子錦衣衛嚴鵠、中書嚴鴻，家奴嚴年，中書羅龍文為甚，即數人之中，嚴年尤為狡黠，世蕃委以腹心，諸騶官爵自世蕃所者，年率十取其一。不才士夫，競為媚奉，呼曰萼山先生，不敢名也。遇嵩生日，年輒獻萬金為壽。嵩父子原籍江西袁州，乃廣置良田美宅於南京、揚州等處，無慮數十所，而以惡僕嚴冬主之，押勒侵奪，怙勢肆害，所在民怨入骨。尤有甚者，往歲

第六十八回　權門勢倒禍及兒曹　王府銀歸途逢暴客

世蕃遭母喪，陛下以嵩年老，特留侍養，令其子鵠，代為扶櫬南旋，世蕃名雖居憂，實系縱慾。狎客曲宴擁侍，姬妾屢舞高歌，日以繼夕。至鵠本豚鼠無知，習聞贓穢，視祖母喪，有同奇貨，騷擾道路，百計需索。其往返所經，諸司悉望風承色，郡邑為空，掊剋。今天下水旱頻仍，南北多警，民窮財盡，莫可措手者，正由世蕃父子，貪婪無度，掊剋日棘，政以賄成，官以賂授，凡四方小吏，莫不竭民脂膏，償己買官之費，如此則民安得不貧？國安得不竭？天人災警，安得不迭至？臣請斬世蕃首，以示為臣不忠不孝者戒！如臣言不實，乞斬臣首以謝嵩、世蕃，幸乞陛下明鑒！

世宗覽罷，即召入大學士徐階，與他商議。階密請道：「嚴氏父子，罪惡昭彰，應由陛下迅斷，毋滋他患。」世宗點首，階即趨出，徑造嚴府。此時嚴嵩父子，已聞應龍上疏，恐有不測，見階到來，慌忙出迎，寒暄甫畢，即問及應龍劾奏事。階從容答道：「今日小弟入值西內，適應龍奏至，上頭閱罷，不知何故大怒，立召小弟問話。弟即上言嚴相柄政多年，並無過失，嚴公子平日行為，應亦不如原奏的利害，務乞聖上勿可偏聽，小弟說到此語，但見天威已經漸霽，諒可無他虞了。」這是徐階弄巧處。嵩忙下拜道：「多年老友，全仗挽回，老朽應當拜謝。」對付夏言故態，又復出現。世蕃亦隨父叩

頭，驚得徐階答禮不迭，階又謙讓不遑，一面還拜，一面扶起嚴嵩父子。世蕃且召出妻孥，全體叩首，送階出門，還家未幾，即有錦衣衛到來，宣讀詔書，勒令嚴嵩致仕，並逮世蕃下獄。嵩跪在地下，幾不能起，但見世蕃已免冠褫衣，被錦衣衛牽扯而去。嵩方徐徐起來，淚如雨下，嗚嗚咽咽的說道：「罷了！罷了！徐老頭兒明知此事，還來探試，真可惡！」你也被人播弄麼？轉又自念：「現在邀寵的大臣，莫如徐階，除他一人，無可營救。」正在滿腹躊躇，鄢懋卿、萬寀等，都來探望。萬寀為大理寺卿，懋卿時已入任刑部侍郎，兩人都是嚴府走狗。見了嚴嵩，嵩方與交談，不防錦衣衛又到，立索世蕃子嚴鵠、嚴鴻，及家奴嚴年，嚇得嚴嵩說不出話，鄢、萬兩人，也是沒法，只好將三人交出，由錦衣衛帶去。忽又由家人通報，中書羅龍文，也已被逮了。真要急殺這時候的嚴府內外，統是淒惶萬狀，窘迫十分，大眾圍住鄢懋卿、萬寀，求他設法。懋卿搔頭挖耳的，想了一會，方道：「有了！有了！有了！」與罷了罷了四字，便與嚴嵩附耳數語。嵩答道：「這也是無法中的一法，但恐徐老頭兒作梗，仍然不行。」萬寀道，「何家聞了此語，忙問何法？懋卿道：「你等休要慌張，自有處置。」說罷，相映成趣。妨著人往探，究竟徐老頭兒是何主見？」嵩乃遣心腹往探徐階，未幾還報，傳述徐階言

第六十八回　權門勢倒禍及兒曹　王府銀歸途逢暴客

語，謂我非嚴氏，無從得高官厚祿，絕不負心等語。懋卿道：「這老頭兒詭計多端，他的言語，豈可深信，我等且照計去辦再說。」隨即匆匆別去。不一日。有詔將藍道行下獄，原來道行扶乩，已被懋卿等察知，此次欲救世蕃，遂賄通內侍，傾陷道行，只說應龍上疏，由道行主唆所致。世宗果然中計，竟將道行拘繫起來。懋卿等復密遣幹役，囑令道行委罪徐階，便可脫罪。道行道：「除貪官是皇上本意，糾貪罪是御史本職，何預徐閣老事？」偏不受給，鄢懋卿等奈何？嚴嵩父子奈何？這數語報知懋卿，弄得畫餅充饑，仍然沒法，不得已減等擬罪，只坐世蕃得賕八百兩，餘無實據，於是世蕃得謫戍雷州衛，其子鵠、鴻，及私黨羅龍文，俱成邊疆，嚴年永禁，擢鄒應龍為通政司參議，侍郎魏謙吉等，皆坐奸黨，貶謫有差。

未幾，御史鄭洛，劾奏鄢懋卿、萬寀，朋比為奸，鄢、萬皆免官。又未幾，給事中趙灼、沈淳、陳瓚等，先後劾工部侍郎劉伯躍，刑部侍郎何遷，右通政胡汝霖，光祿寺少卿白啟常，副使袁應樞，湖廣巡撫都御史張雨，諭德唐汝楫，國子祭酒王材，俱系嚴家親故，陸續罷去。輿論大快。

已而朝旨復下，加恩有嚴鴻為民，令侍嵩歸里。徐階見詔，以世宗竟復向嵩，不

088

無後患,急欲入內啟奏。世宗望見徐階,便召他上前,與語道:「朕日理萬幾,不勝勞敝,現在莊敬太子載壡,雖已去世,幸載垕、載圳,俱已年長,朕擬就此禪位,退居西內,專祈長生,卿意以為何呢?」階叩頭極諫,力持不可,世宗道:「卿等即不欲違大義,但必天下皆仰奉朕命,闡玄修仙,然後朕可在位呢。」階尚欲申奏,世宗又道:「嚴嵩輔政,約二十多年,他事功過不必論,唯贊助玄修,始終不改,這是他的第一誠心。今嵩已歸休,伊子已伏罪,敢有再來多言,似鄒應龍一般人物,朕絕不寬貸,定當處斬!」欲禁止徐階之口,故爾先言。階不禁失色,唯唯而退。及歸至私第,默唸:「嚴嵩已去,一時未必起復,這且還是小事。唯裕王載垕,景王載圳,並出邸中,居處衣服無殊,載圳意圖奪嫡,莫非運動內禪,致有今日之諭,此事不可不預防呢。」看官總還記著!小子於五十九回中,曾敘過世宗八子,夭逝五人,只載壡立為皇太子,載壡封裕王,載圳封景王,載壡年逾弱冠,又遭病歿,當時廷臣曾請續立裕王,世宗以兩次立儲,皆不永年,因擬延遲時日,再行冊立。景王本冊封安陸,只是留京不遣,徐階乃潛結內侍,囑他乘間奏請,說是景邸在京,人言藉藉,應早事安排云云。此策一行,才有旨令景王就國。景王就封四年,當侵占土地湖陂,約數萬頃,既而病逝,世宗語徐階道:「此兒素謀奪嫡,今已死了。」言下似覺愜意,並無悲感。階亦不過敷衍兩語,暗中

089

第六十八回　權門勢倒禍及兒曹　王府銀歸途逢暴客

恰不免失笑，這是後話不表（復應第五十九回事，看似閒文，實是要筆）。

且說嚴嵩就道後，尚密賂內侍，令許發道行奸狀。道行竟長系不放，瘐死獄中。仙何不助他一臂。及嵩到南昌，正值萬壽期近，即與地方官商議，在南昌城內鐵柱觀中，延道士藍田玉等，為帝建醮，祈求遐福。田玉自言能書符召鶴，嵩即令他如法施行，田玉登壇誦咒，捏訣書符，在爐中焚化起來。紙灰直衝霄漢，不到片刻，居然有白鶴飛來，繞壇三匝，望空而去。嵩遂與田玉交好，令授召鶴的祕法，一面製成祈鶴文，託巡撫代奏。時陶仲文已死，又死了一個神仙。朝命御史姜儆、王大任等，巡行天下，訪求方士，以及祕書符籙等件。姜、王二人，到了江西，與嵩會晤，嵩便將藍田玉所授符籙，浼他入獻。旋得朝旨，溫詞褒獎，並賜金帛；隨即上表謝恩，略言：「臣年八十有四，唯一子世蕃及孫鵠，赴戍千里，臣一旦填溝壑，無人可託後事。唯陛下特別矜憐，特賜臣兒放歸，養臣餘年」等語。誰料世宗竟怫然道：「嵩有孫鴻侍養，已是特別加恩，還想意外僥倖麼？」這語也出嚴嵩意外。

嵩聞世宗諭旨，甚是怏怏，忽見世蕃父子，自外進來，不覺又驚又喜，便問道：「你如何得放回家！」世蕃道：「兒不願去雷州衛，所以暗地逃回。」嵩復道：「回來甚

好，但或被朝廷聞知，豈非罪上加罪麼？」世蕃道：「不妨事的。皇上深居西內，何從知悉？若慮這徐老兒，哼！哼！恐怕他這頭顱，也要不保哩。」嵩驚問何謂，世蕃道：「羅龍文亦未到戍所，現逃入徽州歙縣，招集刺客，當取徐老頭兒及應龍首級，洩我餘恨。」嵩跌足道：「兒誤了。今幸聖恩寬大，俾我善歸，似你贓款纍纍，不予重刑，但命謫戍，我父子仍然平安；尚未吃一點苦楚，他日君心一轉，可望恩赦，再享榮華。如你所說，與叛逆何異？況且朝廷今日，正眷重厚升（徐階別字），升遷應龍，倘聞你有陰謀，不特你我性命難保，恐嚴氏一族，也要盡滅了。」為世蕃計，尚是金玉之言。世蕃不以為然，尚欲答辯，忽聞人聲鼎沸，從門外喧嚷進來。嵩大驚失色，正要命家人問故，但見門上已有人進報，說是伊王府內，差來三十名校尉，二十餘名樂工，硬索還款數萬金，立刻就要付他。嵩嘆道：「有這等事麼？他也未免逼人了。」當下責備門役道：「你所司何事，乃容他這般噪鬧？」門役回答道：「他已來過數次，聲勢洶洶，無理可喻。」嵩聞言，氣得面色轉青，拈鬚不語。

看官！道這伊王是何人？原來是太祖二十五子屬王的六世孫，名叫典橫，貪戾無狀，性尤好色，嘗奪取民舍，廣建邸第，重台復榭，不啻宮闕；又令校尉樂工等人，招選民間女子，共得七百餘人，內有九十名中選，留侍王宮，其餘落選的女子，勒令民家

第六十八回　權門勢倒禍及兒曹　王府銀歸途逢暴客

納金取贖，校尉樂工等，樂得從中取利，任情索價，並擇姿容較美的，迫她薦枕。上下淫亂，日夕取樂，就是民間備價贖還，也是殘花敗柳，無復完璧。巡撫都御史張永明等，上言罪狀，有旨令毀壞宮室，歸還民女，並執群小付有司。典楷抗不奉詔，永明等又復奏聞，經法司議再加罪，照徽王載埨故例，廢為庶人，禁錮高牆（載埕事見六十六回）。典楷方才恐懼，即遣人齎金數萬，求嚴嵩代為轉圜。嚴嵩生平所愛的是金銀，便老實收受，一口答應，哪知自己也失了權勢，悃悃歸來。典楷聞這消息，因令原差索還，（不要加息，我說伊王還是厚道）。接連數次，都被門上擋住，他乃特遣多人，登門硬索。嚴嵩不願歸還。又不好不還，沉吟了好一歇。怎禁得外面越噪越鬧，不得已將原金取出，付還來使。樂工校尉等，攜金自去，到了湖口，忽遇著綠林豪客，蜂擁而來，大都明火執仗，來奪金銀，樂工等本是沒用，彼此逃命要緊，管著什麼金銀，校尉三十名，還算有點氣力，拔刀相向，與眾盜交鬥起來，刀來刀往，各顯神通，究竟寡不敵眾，弱不敵強，霎時間血染猩紅，所有三十名校尉，只剩得八九人，看看勢力不及，也只好棄了金銀，落荒逃去。眾盜攛金歸還，順路送到嚴府。看官閱此！這班綠林豪客，難道是嚴府爪牙麼？據小子所聞，乃是世蕃暗遣家役，及帶來亡命徒多人，扮作強盜模樣，劫回原金。嚴氏父子，喜出望外，自不消說。世蕃狡險，一至於此。典楷已經得

092

罪，還向何處申訴，眼見得這項劫案，沒人過問了。

世蕃見無人舉發，膽子越大，益發妄行，招集工匠數千人，大治私第，建園築亭，豪奴悍僕，仍挾相府餘威，凌轢官民。適有袁州推官郭諫臣，奉公出差，道過嵩裡。但見赫赫華門，百工齊集，搬磚運木，忙碌非常，內有三五名幹僕，狐裘貂袖，在場監工，仍然是頤指氣使，一呼百諾的氣象。諫臣私問隨役道：「這不是嚴相故第麼？」隨役答一「是」字，諫臣乘便過去，將入工廠，觀察形景，不防廠中已有人喝道：「監工重地，閒人不得擅入，快與我退下去！」諫臣的隨役，搶上一步，與語道：「家主是本州推官。」言未已，那人復張目道：「什麼推官不推官，總教推出去罷了。」推官的名義，想是這般。諫臣聽了，也不禁啟問道：「敢問高姓大名？」那人復道：「誰不曉得是嚴相府中的嚴六？」諫臣冷笑道：「失敬失敬！」嚴六尚謾辱不絕，隨役正要與他理論，被諫臣喝止，悄然走出。廠內也有稍稍知事的，語嚴六道：「地方有司，應該尊敬一點，不要如此待慢。」嚴六道：「京堂科道等官，伺候我家主人，出入門下，我要叱他數聲，哪個敢與我抗？偌大推官，怕他什麼？」諫臣跟蹌趨走，工役等一齊嘲笑，隨手拾起瓦礫，接連擲去，作為送行的禮物。放肆已極。那時諫臣忍無可忍，不能不發洩出來，小子有詩詠道：

第六十八回　權門勢倒禍及兒曹　王府銀歸途逢暴客

意氣凌人太不該，況遭州吏一麾來。

豪門轉瞬成墟落，才識豪奴是禍媒。

畢竟諫臣如何洩憤，容俟下回表明。

徐階之使詐，不亞於嚴嵩，然後人多毀嵩而譽階，以階之詐計，為嵩而設。明無階，誰與黜嵩？然後知因地而施，詐亦成名。嵩以青詞得幸，驟躋顯位，柄政至二十餘年，無功於國，專事殃民，而其子世蕃，貪黷尤過乃父，嵩之所不敢為者，而世蕃獨為之。死已臨頭，猶且大肆，豢惡客，劫還賄銀，天下尚有是非乎？至於豪奴走狗，凌辱推官，恃勢行凶，更不足道，然亦未始非嚴嵩父子之所釀成。有悍主乃有悍僕，敢告當世，毋挾強以取禍焉。

094

第六十九回

破奸謀嚴世蕃伏法　剿宿寇戚繼光衝鋒

卻說袁州推官郭諫臣，因受嚴六的凌辱，無從洩憤，遂具書揭嚴氏罪惡，呈上南京御史林潤。巧值林潤巡視江防，會晤諫臣，又由諫臣面訴始末，把羅龍文陰養刺客事，亦一一陳明。林潤遂上疏馳奏道：

臣巡視上江，備訪江洋群盜，悉竄入逃軍羅龍文、嚴世蕃家。龍文卜築深山，乘軒衣蟒，有負險不臣之志，推嚴世蕃為主。世蕃自罪謫之後，愈肆凶頑，日夜與龍文誹謗朝政，動搖人心，近者假治第為名，聚眾至四千人，道路洶洶，咸謂變且不測，乞早正刑章，以絕禍本！

疏入後，世宗大加震怒，立命林潤捕世蕃等，入京問罪。林潤得旨，一面檄徽州府推官慄祁，緝拿羅龍文，一面親赴九江，與郭諫臣接洽。諫臣先白監司，將嚴府工匠

第六十九回　破奸謀嚴世蕃伏法　剿宿寇戚繼光衝鋒

四千人，勒令遣散，然後圍住世蕃府第。羅龍文在徽州，聞有緝捕消息，急忙逃至嚴府，不防嚴府已圍得水洩不通，此時自投羅網，還有什麼僥倖？一聲呼喝，已被拿住，嚴世蕃本無兵甲，所有工匠，已被遣散，只好束手受縛。林潤乃諭袁州府，詳訪嚴氏罪狀，彙整合案，復上疏劾嚴嵩父子道：

世蕃罪惡，積非一日，任彭孔為主謀，羅龍文為羽翼，惡子嚴鵠、嚴鴻為爪牙，占會城廠倉，吞宗藩府第，奪平民房舍，又改祝之宮以為家祠，鑿穿城之池以象西海，直欄橫檻，峻宇雕牆，巍然朝堂之規模也。袁城之中，列為五府，南府居鵠，西府居鴻，東府居紹慶，中府居紹庠，而嵩與世蕃，則居相府，招四方之亡命，為護衛之壯丁，森然分封之儀度也。總天下之貨寶，盡入其家，世蕃已逾天府，諸子各冠東南，雖豪僕嚴年，謀客彭孔，家資亦稱億萬，職此之由，而日朝廷無如我富。粉黛之女，列屋駢居，衣皆龍鳳之文，飾盡珠玉之寶，張象床，圍金幄，朝歌夜弦，宣淫無度，而日朝廷無如我樂。甚者畜養廝徒，招納叛卒，旦則伐鼓而聚，暮則鳴金而解，明稱官舍，出沒江廣，劫人金錢，半歲之間，事發者二十有七。而且包藏禍心，陰結典楹，在朝則為寧女，劫掠士民，其家人嚴壽二、嚴銀一等，陰養刺客，昏夜殺人，奪人子賢，居鄉則為宸濠，以一人之身，而總群奸之惡，雖赤其族，猶有餘辜。嚴嵩不顧子未

096

赴伍，朦朧請移近衛，既奉明旨，居然藏匿，以國法為不足遵，以公議為不足恤，世蕃稔惡，有司受詞數千，盡送父嵩。嵩閱其詞而處分之，尚可諉於不知乎？既知之，又縱之，又曲庇之，此臣謂嵩不能無罪也。現已將世蕃、龍文等，拿解京師，伏乞皇上盡情懲治，以為將來之罔上行私，藐法謀逆者戒！

這疏繼上，世宗自然動怒，立命法司嚴訊，世蕃在獄，神色自若，反抵掌笑道：「任他燎原火，自有倒海水。」龍文已經下獄，難道能請龍王麼？嚴氏舊黨，在京尚多，統為世蕃懷憂，暗中賄通獄卒，入內探望。世蕃道：「招搖納賄，我亦不必自諱，好在當今皇帝，並未辦過多少貪官，此層盡可無慮。若說聚眾為逆，尚無實在證據，可諷言官削去。我想楊、沈兩案，據為我家罪案，今煩諸位當眾宣揚，只說這兩案最關重大，鄒、林兩人，並未加入奏疏，哪裡能扳倒嚴氏？他們聽以為真，再去上疏，那時我便可出獄了。」奇談。大眾道：「楊、沈兩案，再或加入，情罪愈重，奈何可出獄？」我亦要問。世蕃道：「楊繼盛、沈下獄，雖由我父擬旨，終究是皇上主裁，若重行提及，必然觸怒皇上，加罪他們，我不是可脫罪麼？」世宗臟腑，已被他窺透，故在京時所擬奏對，無不中彀，幾玩世宗於股掌之上，此次若非徐階，亦必中彼計，奸人之巧伺上意也如此。大眾領計而去，故意的遊說當道，揚言都中，刑部尚書黃光升，

第六十九回　破奸謀嚴世蕃伏法　剿宿寇戚繼光衝鋒

左都御史張永明，大理寺卿張守直等，果然墮入狡謀，擬將楊、沈兩案，歸罪嚴氏，再行劾奏。屬稿已定，走謁大學士徐階，談及續劾嚴氏的事情。徐階道：「諸君如何屬稿，可否令我一聞？」光升道：「正要就正閣老呢。」說罷，即從懷中取出稿紙，交與徐階。階從頭至尾，瞧了一遍，淡淡的說道：「法家斷案，諒無錯誤，今日已不及拜疏，諸君請入內廳茗談罷。」於是階為前導，光升等後隨，同入內廳，左右分坐。獻茗畢，階屏退家人，笑向光升等問道：「諸君意中，將欲活嚴公子麼？」奇問，恰針對世蕃奇談。光升等齊聲答道：「小嚴一死，尚不足蔽罪，奈何令他再活？」階點首道：「照此說來，是非致死小嚴不可，奈何牽入楊、沈兩案？」老徐出頭，小嚴奈何。張永明道：「用楊、沈事，正要他抵死。」階又笑道：「諸君弄錯了，楊、沈冤死，原是人人痛憤，但楊死由特旨，沈死由泛旨，今上英明，豈肯自承不是嗎？如果照此申奏，一入御覽，必疑法司借了嚴氏，歸罪皇上，上必震怒，言事諸人，恐皆不免，嚴公子反得逍遙法外，騎款段驢出都門去了。」彷彿孫龐鬥智。光升聞到此言，才恍然大悟，齊聲道：「閣老高見，足令晚輩欽服，但奏稿將如何裁定，還乞明教？」階答道：「現在奸黨在京，耳目眾多，稍一遲延，必然洩漏機謀，即致敗事，今日急宜改定，只須把林御史原疏中，所說聚眾為非的事件，盡情抉發，參入旁證，便足推倒嚴氏了。但須請大司寇執

098

筆。」光升謙不敢當,永明等復爭推徐階,階至此,方從袖中取出一紙,示眾人道:「老朽已擬定一稿,請諸公過目,未知可合用否?」預備久了。眾人覽稿,見徐階所擬,與林潤原奏,大略相似,內中增入各條,一系羅龍文與汪直交通,賄世蕃求官;二繫世蕃用術者言,以南昌倉地有王氣,取以治第,規模不亞王闕;三系勾結宗人典楧,陰伺非常,多聚亡命,北通胡虜,南結倭寇,互約響應等語。光升道:「極好!極好!小嚴的頭顱,管教從此分離了。」徐階即召繕折的記室,令入密室,闔門速寫。好在光升等隨帶印章,待已寫畢,瞧了一周,即用印加封,由光升親往遞呈,大眾別去徐階,專待好音。

是時世蕃在獄,聞光升、永明等,已將楊、沈兩案加入,自喜奸計得行,語龍文道:「眾官欲把你我償楊、沈命,奈何?」龍文不應。世蕃握龍文手,附耳語道:「我等且暢飲,不出十日,定可出獄。皇上因此還念我父,再降恩命,也未可知。唯悔從前不先取徐階首,致有今日,這也由我父養惡至此,不消說了。功則歸己,過則歸父。今已早晚可歸,用前計未遲,看那徐老頭兒,及鄒、林諸賊等,得逃我手嗎?」除非後世。」世蕃笑道:「取酒過來,我與你先痛飲一番,到了出獄,自然深信我言,毋勞多說。」原來兩人在獄,與家居也差不多。沒有如夫人相陪,究竟不及家裡。

099

第六十九回　破奸謀嚴世蕃伏法　剿宿寇戚繼光衝鋒

他手中有了黃金，哪一個不來趨奉，所以獄中役卒，與家內奴僕一般。兩人呼酒索肉，無不立應，彼此吃得爛醉，鼾睡一宵。到了次日午後，忽有獄卒走報，朝旨復下，著都察院大理寺錦衣衛趨入，已來提及兩公了。世蕃詫異道：「莫非另有變卦嗎？」言未已，當有錦衣衛趨入，將兩人反縛而去。不一時，已到長安門，但見徐老頭兒，正朝服出來，三法司等一同恭迓，相偕入廳事中，據案列坐。世蕃瞧罷，嚇得面色如土，跪在下面，徐階也未嘗察問，只從袖中取出原疏，擲令世蕃自閱，只好連聲呼冤。徐階笑道：「嚴公子！你也不必狡賴了，朝廷已探得確鑿，方命我等質問，以昭信實。」世蕃著急道：「徐公！徐公！你定要埋死我父子嗎？」何不立取彼首。徐階道：「自作孽，不可活，怨我何為？」言畢，便語三法司道：「我等且退堂罷！」法司應命，仍令世蕃等還系。徐階匆匆趨出，還至私第親自繕疏，極言事已勘實，如交通倭寇，潛謀叛逆，具有顯證，請速正典刑，借洩公憤。這疏上去，好似世蕃的催命符，不到一日，即有旨令將世蕃、龍文處斬。世蕃還系時，已與龍文道：「此番休了。」奸黨齊來探望，世蕃只俯首沉吟，不發一言。還有何想？既而下詔處斬，兩人急得沒法，只得抱頭痛哭。其時世蕃家人，多到獄中，請世蕃寄書回家，與父訣別。當下取過紙筆，送至世蕃面前。世蕃執筆在手，淚珠兒簌簌流下，一張白紙，半張溼透，手亦發顫，

100

起來，不能書字。也有今日。轉瞬間監斬官至，押出兩人，如法捆綁，斬決市曹。難為了數十個如夫人。朝旨又削嚴嵩為民，令江西撫按籍沒家產。撫按等不敢怠慢，立至嚴府查抄，共得黃金三萬餘兩，白金三百餘萬兩，珍異充斥，幾逾天府。更鞫彭孔及嚴氏家人，得蔽匿姦盜，占奪民田子女等狀，計二十七人，一律發配，將嚴嵩驅出門外，家屋發封。嵩寄食墓舍後，二年餓死。相士之言，不為不驗。二十餘年的大奸相，終弄到這般結局，可見古今無不敗的權奸，樂得清白乃心，何苦貪心不足哩。大聲呼喝，不啻暮鼓晨鐘。

嗣是徐階當國，疏請增置閣臣，乃以吏部尚書嚴訥、禮部尚書李春芳，並兼武英殿大學士，參預機務，一面再懲嚴黨，將鄢懋卿、萬寀，袁應樞等，充戍邊疆，了結奸案。總督東南軍務胡宗憲，因素黨嚴嵩，心不自安，又見倭患未靖，恐遭譴責，乃於一歲中兩獲白鹿，齎獻京師，並令幕下才士徐文長，附上表章，極稱帝德格天，祥呈仙鹿等因。世宗覽表，見他文辭駢麗，雅頌同音，不由的極口的讚賞，當晉授宗憲為兵部尚書，兼節制巡撫，如三邊故事。且告謝元寶殿及太廟，大受朝賀。已而宗憲復獻白龜二枚，五色芝五莖，草表的大手筆，又仗著徐文長先生。名副其實。世宗越加喜歡，賜名龜曰玉龜，芝曰仙芝，告謝如前。齎宗憲有加禮。小子敘到此處，不得不將徐文長履

第六十九回　破奸謀嚴世蕃伏法　剿宿寇戚繼光衝鋒

歷，略行敍述。越中婦孺，多道文長軼事，故不得不提出略敍。文長名渭，浙江山陰人氏，少具雋才，且通兵法，唯素性落拓不羈，所作文詞，多半不中繩墨，因此屢試不合，僅得一衿。至宗憲出督浙東，喜攬文士，如歸安人茅坤，鄞人沈明臣等，均招致幕府。文長亦以才名見知，受聘入幕，除代主文牘外，且屢為宗憲主謀。凡擒徐海，誘汪直，統由文長籌畫出來，所以宗憲很是優待。後來宗憲被逮，文長脫歸，佯狂越中，卒致病死。至今越中婦孺，談及徐文長三字，多能傳述軼聞，說他如何恔刻，其實都是佯狂時候的故事，文長特藉此取樂，聊解牢騷呢。力為文長解免。

話休敍煩，且說胡宗憲位置愈高，責任愈重，他平時頗有膽略，與倭寇大小數十戰，屢得勝仗，每臨戰陣，亦必親冒矢石，戎服督師，不少畏縮。嘉靖三十八年，江北廟灣，及江南三川沙，連破倭寇，江、浙倭患稍息，流劫閩、廣。宗憲既節制東南，所有閩、廣軍務，亦應歸他調遣，凡總兵勛戚大臣，走謁白事，均從偏門入見，庭參跪拜。宗憲直受不辭，稍稍違忤，即被斥責。以此身為怨府，廷臣多鉤考嚴黨，宗憲雖然有功，總難逃嚴黨二字。到了嘉靖四十一年，已經謗書滿篋，刺語盈廷。世宗本是個好猜的主子，今日加褒，明日加譴，幾成常事，至給事中陸宗儀等，劾他為嚴氏餘黨，始終自恣等罪，遂下旨奪宗憲職，放歸田里。越年復有

102

廷臣續彈，有詔逮問，宗憲被逮至京，自恐首領不保，服毒身亡，然謂其難逃嚴黨，已成定評。宗憲一死，倭益猖獗，寇蹂躪東南，州縣衛所，屢被殘破，從未擾及府城。興化為南閩名郡，夙稱殷富，既被陷入，遠近震動，幸有一位應運而生的名將，為國宣勞，得破宿寇。終以此平定東南，這位名將是誰，就是定遠人戚繼光。個兒郎齊聲喝采。繼光字元敬，世襲登州衛都指揮僉事，初隸胡宗憲部下，任職參將，能自創新法，出奇制勝。閩患日急，巡撫遊得震飛章入告，且請調浙江義烏兵往援，統以繼光。世宗准奏，並起復丁憂參政譚綸，及都督劉顯，總兵俞大猷，合援興化。劉顯自廣東赴援，部兵不滿七百人，憚寇眾不敢進，但在府城三十里外，隔江駐兵。俞大猷前被宗憲所劾，遣戍大同，至是復官南下，兵非素統，倉猝不便攻城，亦暫作壁上觀，專待繼光來會。倭寇據興化城三月，姦淫擄掠，無所不至，既飽私慾，乃移據平海衛，都指揮歐陽深戰死。事聞於朝，罷巡撫遊得震，代以譚綸，令速復平海衛所。適戚繼光引義烏兵至，乃令繼光將中軍，劉顯率左，大猷率右，進攻平海。倭寇忙來迎戰，第一路遇著戚繼光，正擬搖旗吶喊，衝將過去，不防戚家軍中，鼓角驟鳴，各軍都執筒噴射，放出無數石灰，白茫茫似起煙霧，迷住眼目，連東西南北的方向，一時都辨不清楚。倭兵正在擦目，戚家軍已經殺到，手中所執的兵

第六十九回　破奸謀嚴世蕃伏法　剿宿寇戚繼光衝鋒

器，並非刀槍劍戟，乃是一二丈長的筤筅，隨手掃蕩，打得倭兵頭破血流，東歪西倒。這筤筅究是何物？據戚繼光所著練兵實記上載著，系將長大的毛竹，用快刀截去嫩梢細葉，四面削尖枝節，鋒快如刀，與狼牙棒、鐵蒺藜相似，一名叫做狼筅，系繼光自行創製的兵器。倭兵從未見過這般器械，驚得手足無措，急忙四散奔逃。哪知逃到左邊，與劉顯相遇，一陣亂砍，殺死無數。逃到右邊，與俞大猷相值，一陣亂搠，頸血飛噴，頓時克復平海衛，把餘倭盡行殺死，轉攻興化，已剩得一座空城，所有留守的倭兵，統皆遁去。這番廝殺，共斬虜首二千數百級，被掠的丁壯婦女，救還三千人。小子有詩贊戚繼光道：

偏師致勝仗兵韜，小醜么麼寧許逃。
若使名豪能代出，亞東何自起風濤？

欲知以後倭寇情形，且從下回再表。

嚴世蕃貪婪狡詐，幾達極點，而偏遇一徐階，層層窺破，著著防備，竟致世蕃授首，如龐涓之遇孫臏，周瑜之遇諸葛孔明，雖有譎謀，無從逃避，看似世蕃之不幸，實則貪詐小人，必有此日。不然，人何樂為正直而不為貪詐乎？嚴氏黨與，多非善類，唯

104

胡宗憲智勇深沉，力捍寇患，不可謂非專閫材，乃以趨附嚴、趙，終至身敗名裂。一失足成千古恨，有識者應為宗憲慨矣。書中褒貶甚公，抑揚悉當，而敘及戚繼光一段，雖與俞大猷、劉顯等，並類敘明，筆中亦自有高下，非僅僅依事直書已也。

第六十九回　破奸謀嚴世蕃伏法　剿宿寇戚繼光衝鋒

第七十回

誤服丹鉛病歸冥籙　脫身羈紲悵斷鼎湖

卻說戚繼光等克復興化，福州以南，一律平靖，唯沿海等處，尚有餘倭萬餘人，往來遊弋，擾害商旅，未幾又進攻仙遊。繼光聞警，即引兵馳剿，與倭人相遇城下，一聲號令，如風馳潮湧一般，突入敵陣。那倭酋見戚軍旗幟，已是心驚膽落，略戰數合，急奔向同安而去。繼光揮兵追擊，至王倉坪地面，殺敵數百。餘寇奔漳浦。繼光督各哨兵，直搗倭酋巢穴，擒斬殆盡；還有殺不盡的餘黨，都逃向廣東潮州方面，又被俞大猷迎頭截擊，幾無噍類。統計倭寇起了二十多年，攻破城邑，殺傷官吏軍民，不可勝紀，轉漕增餉，天下騷然，至是受了大創，才不敢入寇海疆，東南方得安枕了（歸結倭患）。當下以海氛肅清，封章入告。世宗以為四方無事，太平可致，越發注意玄修。方士王金、陶倣、劉文彬、申世文、高守中等，陸續應募，先後到京，作偽售奸等事，不一

第七十回　誤服丹鉛病歸冥錄　脫身羈紲悵斷鼎湖

而足。一夕，世宗方在御幄中，閉目趺坐，演習打坐的工夫，忽聞席上有一物下墜，開目尋視，見近膝處有大蟠桃兩枚，連枝帶葉，色甚鮮美，隨手取食，味甘如醴，次日臨朝，與廷臣言及，都說皇上誠敬通神，所以仙桃下降，世宗愈加虔信，即命方士等建醮五日夜。醮壇未撤，又降仙桃。萬壽宮內畜白兔壽鹿，各生三子，群臣又復表賀。世宗下詔褒答，有三錫奇祥等語。上欺下朦，成何政體。並授各方士為翰林侍講等官。得勿與清季牙科進士，工科舉人，同類共笑乎？陶仲文子世恩，希邀恩寵，偽造五色靈龜靈芝，呈入西內，稱為瑞徵。又與王金、陶倣、劉文彬、申世文、高守中等，杜撰仙方，採煉藥品進御。其實此類藥品，統非神農本草所載，燥烈穢惡，難以入口。世宗求仙心切，放開喉嚨，服食下去。不料自服仙藥後，中心煩渴，反致夜不成寐。問諸眾方士，統說是服食仙藥，該有此狀，乃擢世恩為太常寺卿，王金為太醫院御醫，陶倣為太醫院使，劉文彬等為太常寺博士。濫假名器，無逾此日。

時有陶仲文徒黨胡大順，得罪被斥，復希進用，竟偽造萬壽全書一冊，詭說由呂祖扎授，內有祕方，系用黑鉛煉白，服餌後可以長生，名叫先天玉粉丸，當遣黨徒何廷玉，齎送京師。可巧江西道士藍田玉，由姜儆、王大任，邀他入京，屢試召鶴祕法，頗得世宗寵信。（回應六十八回）。廷玉遂走此門路，復賄通內侍趙楹，將方書進獻。世宗

披覽數頁，大半言詞怪僻，情節支離，不由的奇詫起來，便問趙楹道：「既云乩示，扶乩的人，現在何處？」趙楹答說：「現住江西。」世宗不答意，恐已疑為嚴黨。趙楹走報田玉，田玉轉告廷玉道：「你師傅大喜了。皇上正在此惦念哩！」廷玉歡喜不迭，即與田玉計較，詐傳上命，徵大順入京。大順到京後，往見田玉，自恐前時有罪，不便再入面君。田玉也不免遲疑起來，又去與趙楹商議。趙楹笑道：「這也何妨，皇上老眼昏花，難道尚能記得嗎？就使記得姓名，亦不難改名仍姓。前名胡大順，今名胡以寧，不就可沒事麼？」大順心喜，當由藍田玉出面，具疏上奏，只說是扶乩的人，已經到京。世宗隨即召見，大順硬著頭皮，趨入西內，三呼舞蹈畢，跪伏下面。偏是世宗眼快，瞧見他的面目，似曾相識，只一時記不起來，略問數語，便令退去。

世宗的體質，本是不弱，精神也很過得去，平時覽決章奏，徹夜不倦，自從服過仙方，遂致神經錯亂，狀類怔忡，白日間遇著鬼物，或有黑氣一團，瞥眼經過，不見仙而見鬼，莫非遇著鬼仙。其實是真陽日耗，虛火上炎的緣故。世宗不知此因，反令藍田玉等，入宮祈禳。可奈禱了數日，毫無靈驗。這豈祈禳所能免的？田玉恐緣此得罪，只說是藍道行下獄冤死，所以釀成厲鬼等語。同姓應該幫助，且為同業預防，田玉之計，可謂狡矣。世宗似信非信，不得不問大學士徐階。徐階奏道：「胡大順不畏法紀，乃敢

第七十回　誤服丹鉛病歸冥籙　脫身羈絏悵斷鼎湖

冒名以寧，混入齋宮。藍田玉私引罪人，膽大尤甚，臣意請嚴行懲處，休信妄言！」世宗愕然道：「胡以寧便是大順麼？怪不得朕召見時，裝出一種鬼鬼祟祟的模樣，朕亦粗憶面目，似曾見過，這等放肆小人，豈可輕恕？」至此才知，想世宗已死了半個。徐階道：「宮中黑眚，出現已久，亦豈因道行瘦死，致成鬼魅？況藍田玉系嚴氏黨羽，妄進白鉛，居心很是叵測。甚至偽傳密旨，外召大順，若非執付典刑，何以懲惡？」說得世宗勃然奮發，立飭錦衣衛拿問藍、胡兩人，交付法司嚴訊。待至供證確實，擬成大辟，並因獄詞牽連趙楷，一併問罪。不意世宗反悔懼起來，又欲把他寬宥，徐階忙入諫道：「聖旨一出，關係甚重，若聽詐傳，他日夜半發出片紙，有所指揮，勢將若何？」世宗乃命將藍田玉、胡大順、趙楷三人，一概處斬。但世宗雖誅此三惡，齋醮事依舊奉行。是時前淳安知縣海瑞，因嚴、趙伏罪，復起為戶部主事，見世宗始終不悟，獨與妻孥僅僕等，預為訣別，竟誓死上疏，當由世宗展閱。其詞云：

陛下即位初年，敬一箴心，冠履分辨，天下欣然。望治未久，而妄念牽之，謬謂長生可得，一意修玄，二十餘年，不視朝政，法紀弛矣；推廣事例，名器濫矣。二王不相見，人以為薄於父子；以猜疑誹戮辱臣下，人以為薄於君臣；樂西苑而不返，人以為薄於夫婦。吏貪官橫，民不聊生，水旱無時，盜賊滋熾，陛下試思今日天下為何如乎？

110

古者人君有過，賴臣工匡弼，今乃修齋建醮，相率進香，仙桃天藥，同詞表賀，建宮築室，則將作竭力經營，購香市寶，則度支差求四出。陛下誤舉之，而諸臣誤順之，無一人肯為陛下言者，諛之甚也。自古聖賢垂訓，未聞有所謂長生之說，陛下師事陶仲文，仲文則既死矣，彼不長生，而陛下何獨求之？誠一旦幡然悔悟，日御正朝，與諸臣講求天下利病，洗數十年之積誤，使諸臣亦得自洗數十年阿君之恥，天下何憂不治？萬事何憂不理？此在陛下一振作間而已。

世宗覽到此處，竟致怒氣直衝，將奏本擲至地上，顧語內侍道：「豎子妄言，快與朕拿住此人，不要放走了他！」太監黃錦，方在帝側，即還奏道：「聞此人上疏時，已預買棺木，與妻子訣別，僮僕等亦皆遣散，坐待斧鉞，絕不遁走的。」當下傳旨，命將海瑞繫獄。錦衣衛奉命去後，黃錦復將原疏撿起，仍置座右，世宗取疏重讀，不覺心有所觸，默唸藍田玉、胡大順等，都是假藥為名，矇蔽朕躬，海瑞所言，亦有足取。遂自言自語道：「這人可擬比干，但朕確非商紂呢。」相去無幾。自是世宗遂患痼疾，漸將批奏事擱起。自四十四年孟冬，親謁顯陵，取藥服氣，遂召徐階入見，問明可否？階勸帝保重，不可輕出。世宗又道：「朕覺得自己煩躁，不願理事，因此欲閒遊散悶。倘恐朕出藥的靈效。意欲往幸承天，親謁顯陵，取藥服氣，遂召徐階入見，問明可否？階勸帝保

111

第七十回　誤服丹鉛病歸冥籙　脫身覊紲悵斷鼎湖

外後，京都震動，朕卻有一法在此。裕王年已及壯，不妨指日內禪，此後朕無所牽累，便好逍遙自在了。」階又奏稱：「龍體違和，但教保養得宜，自可告痊，內禪一事，暫從緩議為是。」世宗又道：「卿不聞海瑞詈朕麼？朕不自謹惜，致此病困，若使朕得御便殿，坐決機宜，何至被他譭謗呢。」階復奏道：「海瑞語多愚戇，心尚可諒，還乞陛下特別恕他！」瑞之不死，賴有此言。世宗嘆道：「朕也不願多殺諫臣了。」階退出後，法司奏稱海瑞訕上，罪應論死，世宗略略一瞧，便即擱過一邊，並不加批，瑞因得緩死。

轉眼間已是暮春，徐階薦吏部尚書郭樸，及禮部尚書高拱，可任閣事。於是命樸兼武英殿大學士，拱兼文淵閣大學士，既而自夏入秋，世宗痼疾愈深，氣喘面赤，腹脹便閉。求仙結果，如是而已。乃自西苑還入大內。太醫等輪流診治，無可挽回，延至冬季，竟崩於乾清宮，享壽六十，當由徐階草就遺詔，頒示中外道：

朕奉宗廟四十五年，享國長久，累朝未有，一念惓惓，唯敬天勤民是務，只緣多病，過求長生，遂致奸人誑惑，自今建言得罪諸臣，存者召用，歿者恤錄，現在監者即釋復職，特此遺諭！

遺詔一下，朝野吏民，無不感激涕零，獨郭樸、高拱兩閣臣，以階不與共謀，未免怏怏。樸語拱道：「徐公手草遺詔，訕謗先帝，若照律例上定罪，不就要處斬麼？」嗣是兩人與階有隙，免不得彼此齟齬，後文再表。

且說世宗既崩，承襲大統的嗣皇，當然輪著裕王載垕。王公大臣，遂奉載垕即位，大赦天下，以明年為隆慶元年，是謂穆宗。上皇考尊諡為「肅皇帝」，廟號「世宗」，追尊生母杜氏為孝恪皇太后，立繼妃陳氏為皇后。先是裕王元妃李氏，生一子翊，五歲即殤，李妃隨逝，以陳氏為繼妃，追諡李妃為孝懿皇后，翊為憲懷太子。凡先朝政令，未盡合宜，悉奉遺詔酌改，逮方士王金、陶倣、申世文、劉文彬、高守中、陶世恩下獄，一併處死，釋戶部主事海瑞於獄。瑞自下獄後，早拚一死，世宗崩逝的消息，絲毫不及聞知，只有提牢主事，已得風聞，並因宮中發出遺詔，有開釋言官等語，料知海瑞必然脫罪，且見重用，此人頗有特識，乃特設酒饌，攜入獄中，邀瑞共飲。瑞見提牢官如此厚待，自疑將赴西市，倒也並不恐懼，依舊談笑飲啖。酒至半酣，與提牢官看顧妻子。提牢官笑道：「今日兄弟薄具東道，非與先生送死，乃預賀先生得官呢。」海瑞不禁詫異，急問情由。提牢官起身離座，低聲語瑞道：「宮車已晏駕，先生不日將大用了。」瑞驚起道：「此話可真麼？」提牢官道：「什麼不真！今已有遺詔下來，凡建

第七十回　誤服丹鉛病歸冥籙　脫身羈紲悵斷鼎湖

言得罪諸官，存者召用，歿者恤錄，現在監者釋出復職。」瑞不待說畢，即丟了酒杯，大哭道：「哀哉先皇！痛哉先皇！」兩語出口，哇的一聲，將所食的餚饌，盡行吐出，狼藉滿地，頓時暈倒獄中，良久方甦，復從夜間哭到天明，知將死而反恣啖，聞駕崩而反慟哭，如此舉動，似出情理之外。人謂海瑞忠君，吾謂此處亦未免矯強。果然釋獄詔下，提牢官拱手稱賀。瑞徐徐出獄，入朝謝恩。詔復原官，越數日，復擢遷大理寺丞。

過了三年，除僉都御史，巡撫應天等府。瑞輕車簡從，出都赴任，下車後，即訪查貪官汙吏，無論大小，概登白簡。並且微服出遊，私行察訪，以此江南屬吏，咸有戒心。自知貪墨不職，早乞致仕歸田。就是監督織造的中官，也怕他鐵面無情，致遭彈劾，平日減去輿從，特別韜晦。一切勢家豪族，把從前朱門漆戶，都黝墨作黑，以免注目。或有在籍作惡的士紳，特別慄慄危懼，不敢避往他郡，不敢還鄉。瑞又力摧豪強，厚撫窮弱，下令雷厲風行，有司皆慄慄危懼，不敢延誤。吳中弊政，自海瑞到後，革除過半。又疏濬吳淞白茆河，通流入海，沿河民居，無泛濫憂。只是實心辦事的官吏，往往灌溉利，食德飲和，互相謳頌。歷舉政績，不愧後人稱述。只是實心辦事的官吏，往往利益下民，觸忤當道，其時秉政大臣，如資望最崇的徐閣老，與郭樸、高拱未協，屢有爭議，又嚴抑中官，以致宵小側目，他遂引疾乞歸。郭樸亦罷。高拱去而復入。此外有

114

江陵人張居正，嘗侍裕邸講讀，穆宗即位，立命為吏部侍郎，兼東閣大學士，入參大政。拱與居正統恃才傲物，目空一切，聞海瑞峭直嚴厲，不肯阿容，暗中亦未免嫉忌。自己剛傲，偏不許別人剛直，所以直道難行。瑞撫吳僅半年，言官已迎合輔臣，劾瑞數次，有旨改瑞督南京糧儲。吳民聞瑞去位，多半攀轅遮道，號泣乞留。瑞只挈一僕，乘夜出城，方得脫身。百姓留瑞不獲，大家繪了瑞像，朝供香，暮爇燭，敬奉甚虔。瑞督糧未幾，又不免為言路所攻，乃謝病竟去。直至居正沒後，始復召為南京右都御史。一行作吏，兩袖清風，到了神宗十六年，病歿任中，身後蕭條，毫無長物。僉都御史王用汲入視，只有葛幃敝絛，寥寥數事，不禁嘆息異常，當為醵金棺殮，送歸瓊山原籍，買地安葬。發喪時，農輟耕，商罷市，號哭相送，數百里不絕。後來賜諡忠介，這就是海剛峰先生始末的歷史。小子愛慕清官，所以一直敘下，看官不要認做一團糟呢。了卻海瑞，免得後文另敘。且有佳句一首，作為海剛峰先生的讚詞道：

由來賢吏自清廉，不慕榮名不附炎。
怎奈孤芳只自賞，一生堅白總遭嫌。

欲知後事如何，且從下回交代。

第七十回　誤服丹鉛病歸冥籙　脫身羈紲悵斷鼎湖

語云：「服食求神仙，多為藥所誤。」世宗致死之由，即伏於此。夫闕穀為隱者之寓言，煉丹系方士之偽論，天下寧真有長生不老之術耶？況乎年將耳順，猶逼幸尚美人，色慾薰心，尚望延壽，是不啻航舟絕港，而反欲通海，多見其不自量也。迨元氣日涸，又服金石燥烈之劑，至於目眩神迷，白晝見鬼，且命藍田玉等為之祈禳，至死不悟，世宗有焉。海瑞一疏，抉發靡遺，可作當頭棒喝，而世宗乃目為詬詈，微內監黃錦，及大學士徐階，幾乎不隨楊、沈諸人，同歸地下乎？世宗崩而海瑞出獄，觀其巡撫江南，政績卓著，乃復不容於高拱、張居正諸人。張江陵稱救時良相，乃猶忌一海瑞，此外更不必論矣。直道事人，焉往而不三黜，海剛峰殆亦如是耶？

第七十一回 王總督招納降番　馮中官訴逐首輔

卻說穆宗即位以後，用徐階言，力除宿弊。及徐階去位，高拱、張居正入掌朝政，拱與徐階不協，專務脩怨，遺詔起用諸官，一切報罷，引用門生韓揖等，並居言路，任情搏擊。尚寶卿劉奮庸，給事中曹大野等，上疏劾拱，均遭貶謫。就是大學士陳以勤，與張居正同時入閣（見前回），亦為拱所傾軋，引疾歸去。資格最老的李春芳，素尚端靜，自經徐階薦入後（見六十九回），當時與嚴訥同兼武英殿大學士，在位僅半年而罷，春芳於隆慶初任職如故），委蛇朝端，無所可否，因此尚得在位。先是嘉靖季年，諭德趙貞吉，由謫籍召入京師（貞吉被謫，見六十二回），曾擢為戶部侍郎，旋復罷歸。至穆宗踐阼，又起任禮部侍郎，尋升授尚書，兼文淵閣大學士。貞吉年逾六十，性情剛直，猶是當年，穆宗頗加優禮，怎奈與高拱兩不相下，彼此各張一幟。拱嘗考察科道，

第七十一回　王總督招納降番　馮中官訴逐首輔

將貞吉的老朋友，斥去二三十人，還是恨恨不已。歸罪高拱，持論公允。陰嗾門生給事中韓揖，奏劾貞吉庸橫。貞吉上疏辯論，自認為庸，獨斥高拱為橫，願仍放歸田里。有旨允貞吉歸休，拱仍任職如故，氣焰益張。春芳不能與爭，依然伴食，只有時或出數言，從容挽救，後來復為高拱所忌，唆使言官彈劾。春芳知難久任，一再乞休，至隆慶五年，也致仕歸去了。

唯邊陲一帶，任用諸將，頗稱得人，授戚繼光為都督同知，總理薊州、昌平、保定三鎮練兵事宜。繼光建敵台千二百座，台高五尺，睥睨四達，虛中為三層。每台駐百人，甲仗糗糧，一律齊備。險要處一里兩三台，此外或一里一台，二里一台，延長二千里，星羅棋置，互為聲援。又創立車營，每車一輛，用四人推輓，戰時結作方陣，中處馬步各軍。又制拒馬器，防遏寇騎，每遇寇至，火器先發，寇稍近，用步軍持拒馬器排次面前，參列長槍軍、筤筅軍，步伐整齊，可攻可守。寇或敗北，用騎兵追逐，輜重營隨後。且以北方兵性質木強，應敵未靈，特調浙兵三千人，作為衝鋒。浙兵到了薊門，陳列郊外，適天大雨，由朝及暮，植立不敢動。邊兵見了，統是瞠目咋舌，以後始知有軍令。自繼光鎮邊數年，節制嚴明，器械犀利，無論什麼巨寇，都聞風遠避，不敢問津了。極寫繼光寥寥數語，勝讀一部練兵實紀。復起曹邦輔為兵部侍郎，與王遴等督

118

御宣府大同。都御史慄永祿守昌平，護陵寢，劉燾屯天津，守通州糧儲，總督王崇古、譚綸，主進剿機宜，戴才管理餉運，彼此協力，邊境稍寧。乃值韃靼部酋俺答，為了色慾薰心，釀出一件蕭牆禍隙，遂令中國數十百年的寇患，從此洗心革面，歸服大明，這也是明朝中葉的幸事。巨筆如椽。

原來俺答第三子鐵背台吉，早年病歿，遺兒把漢那吉，年幼失怙，為俺答妻一克哈屯所育（哈屯一作敦，系韃靼汗妃名號）。既而長成，為娶比吉女作配，因相貌醜劣，不愜夫意。嗣自聘襖兒都司女（襖爾都司，即鄂爾多斯，為蒙古部落之一），號三娘子，就是俺答長女所生，依名分上論來，是俺答的外孫女，娶作孫婦，倒也輩分相當（《紀事本末》謂三娘子受襖兒都司之聘，俺答聞其美，奪之，別以那吉所聘免撦金的女，償襖兒，《通鑑》謂系直接孫婦，今從之）。這位三娘子貌美似花，彷彿一個塞外昭君，天然嬌豔。把漢那吉正為她豔麗動人，所以再三央懇，才得聘定。至娶了過門，滿望消受禁臠，了卻相思滋味。誰知為俺答所見，竟豔羨的了不得，他想了一計，只說孫婦須入見祖翁，行盥饋禮。把漢那吉不知有詐，便令三娘子進去。三娘子自午前入謁，到了晚間，尚未出來。想是慢慢兒的細盥，慢慢兒的親饋。那時把漢那吉，等得煩躁起來，差人至俺答帳外探望，毫無消息，匆匆返報，把漢那吉始知有異，自去探聽，意

第七十一回　王總督招納降番　馮中官訴逐首輔

欲闖入俺答內寢，偏被那衛卒阻住，不令入內。把漢那吉氣憤不過，想與衛卒鬥毆，有幾個帶笑帶勸道：「好了好了，這塊肥羔兒，已早入老大王口中了。此時已經熔化，若硬要他吐了出來，也是沒味，何若由他去吃，別尋一個好羔兒罷。」俺答奪占孫婦，不配出豔語點染，但從衛卒口中，以調侃出之，最為耐味。把漢那吉聞了此語，又是恨，又是悔，轉思此言亦似有理，況且雙手不敵四拳，平白地被他毆死，也不值得，想到此處，竟轉身趨出，回到住所，與部下阿力哥道：「我祖奪我婦，且以外孫女為妻，大夔不如，我不能再為他孫，只好別尋生路了。」阿力哥道：「到哪裡去？」把漢那吉道：「不如去投降明朝，中國素重禮義，當不至有此滅倫呢。」恐也難必。阿力哥奉命，略略檢好行囊，遂與把漢那吉，及那吉原配比吉女，貪夜出亡，竟奔大同，叩關乞降。大同巡撫方逢時，轉報總督王崇古，崇古以為可留，命他收納。部將諫阻道：「一個孤豎，何足重輕，不如勿納為是。」崇古道：「這是奇貨可居，如何勿納？俺答若來索還，我有叛人趙全等，尚在他處，可教他送來互易；否則因而撫納，如漢朝質子故例，令他招引舊部，寓居近塞。我作漁人，豈非一條好計麼？」計固甚善。隨命一面收納降人，一面據實上奏，並申己意。廷議紛紛不決，獨高拱、張居正兩人，以崇古所議，很得控邊要策，力主照

行。穆宗亦以為外人慕義，前來降順，應加優撫云云。於是授把漢那吉為指揮使，阿力哥為正千戶，各賞大紅紵絲衣一襲。

俺答妻一克哈屯，恐中國誘殺愛孫，日夜與俺答吵鬧，俺答亦頗有悔心，遂糾眾十萬，入寇明邊。王崇古飛檄各鎮，嚴兵戒備，大眾堅壁清野，對待俺答。崇古命百戶鮑崇德往諭，令縛送趙全等人，與把漢那吉互換。鮑崇德素通蒙文，至俺答營，俺答踞坐相見，崇德從容入內，長揖不拜。俺答叱道：「何不下跪？」崇德道：「天朝大使，來此通問，並沒有拜跪的禮儀。況朝廷待爾孫甚厚，今無故稱兵，豈欲令爾孫速死麼？」開口即述及乃孫，足使俺答奪氣。俺答道：「我孫把漢那吉，果安在否？」崇德道：「朝廷已封他為指揮使，連阿力哥亦授為千戶，豈有不安之理？」俺答乃離座慰勞，並設酒款待崇德，暗中卻遣騎卒馳入大同，正待稟報巡撫，入候那吉，猛見那吉蟒衣貂帽，馳馬出來，氣度優閒，居然一個天朝命吏。想是逢時特遣出來。當下與騎卒說了數語，無非是抱怨祖父，懷念祖母等情。騎卒回報俺答，俺答感愧交集，便語崇德道：「我孫得授命官，足見上國隆情，但此孫幼孤，為祖母所撫育，祖母時常繫念，所以籲請使歸，還望貴使替我轉報。」崇德道：「趙全等早至，令孫必使晚歸。」俺答喜甚，便屏退左右，密語崇德道：「我不為

第七十一回　王總督招納降番　馮中官訴逐首輔

亂，亂由全等，天子若封我為王，統轄北方諸部，我當約令稱臣，永不復叛，我死後，我子我孫，將必襲封，世世衣食中國，尚忍背德麼？」已被恩禮籠絡住了。崇德道：「大汗果有此心，謹當代為稟陳，想朝廷有意懷柔，斷不辜負好意。」俺答益加欣慰，遂與崇德餞行。入席時，折箭為誓道：「我若食言，有如此箭！」崇德亦答道：「彼此一致，各不食言，願如前約。」當下暢飲盡歡，方才告別。俺答覆遣使與崇德偕行，返謁崇古，崇古亦厚待來使。

先是山西妖人呂鎮明，借白蓮妖術，謀為不軌，事敗伏誅。餘黨趙全、李自馨、劉四、趙龍等，逃歸俺答，駐紮邊外古豐州地，號為板升。已而明邊百戶張文彥，丁劉天祺，邊民馬西川等，統往依附，有眾萬人，因尊俺答為帝。全治第如王府，門前署著開化府三字，聲勢顯赫，且屢嗾俺答入寇，於中取利。為虎作倀，全等之肉，其足食乎？至是俺答託詞進兵，誘令趙全等入見。全等欣然而來，不圖一入大營，即被伏兵擒住，當由俺答遣眾數千，押趙全等至大同。王崇古亦發兵收受，悉送闕下。鶩鳥入籠，暴虎投阱，還有什麼希望？只落得梟首分屍，臠割以盡，死有餘辜。這且不消細說了。

122

唯把漢那吉，有詔令歸，那吉猶戀戀不欲行，崇古婉諭道：「你與祖父母，總是一脈的至親，現既誠心要你歸去，你儘管前行。倘你祖再若虐待，我當發兵十萬，替你問罪。我朝恩威及遠，近正與你祖議和，將來你國奉表通貢，往來不絕，你亦可順便來遊，何必怏怏呢。」那吉聞言，不由的雙膝跪下，且感且泣道：「天朝如此待我，總帥如此厚我，我非木石，死生相感。如或背德，願殛神明。」北人不復反了。崇古親扶起，也賜酒為饌，酒闌席散，那吉才整裝辭行，挈妻偕歸。阿力哥亦隨同歸去。俺答見了那吉，倒也不加詰責，依然照常相待，唯據住三娘子，仍不歸還，虧他厚臉。只遣使報謝，誓不犯邊。王崇古遂為俺答陳乞四事：一請給王印，如先朝忠順王故事，二請許貢入京，比從前朵顏三衛，各貢使貢馬三十匹；三請給鐵鍋，議廣鍋十斤，煉鐵五斤，洛鍋生粗每十斤，煉鐵三斤，但准以敝易新，免他鑄為兵器；四請撫賞部中親族布匹米豆，散所部窮兵，儻居塞上，俾得隨時小市。穆宗覽奏，詔令廷臣集議。高拱、張居正等，請外示羈縻，內修戰備，乃封俺答為順義王，名所居城日歸化城。俺答弟昆都力，並其子辛愛等，皆授都督同知等官。封把漢那吉為昭勇將軍，指揮如故。後來河套各部，也求歸附，明廷一視同仁，分授官職。嗣是西塞諸夷，歲來貢市，自宣大至甘肅，邊陲晏然，不用兵革，約數十年，這且慢表。

第七十一回　王總督招納降番　馮中官訴逐首輔

且說穆宗在位六年，一切政令，頗尚簡靜，內廷服食，亦從儉約，歲省帑項數萬金。唯簡約有餘，剛明不足，所以輔政各臣，互相傾軋，門戶漸開，濬成積弊。這是穆宗一生壞處。高拱、張居正，起初還是莫逆交，所議朝事，彼此同心，後來亦漸漸相離，致啟怨隙。想總為權利起見。拱遂薦用禮部尚書高儀，入閣辦事，無非欲隱植黨與，排擠居正。會隆慶六年閏三月，穆宗御皇極門，忽然疾作，還宮休養。又過兩月，政躬稍愈，即出視朝政，不料出宮登陞，甫升御座，忽覺眼目昏黑，幾乎跌下御座來。幸兩旁侍衛，左右扶掖，才得還宮。自知疾不可為，亟召高拱、張居正入內，囑咐後事。兩人趨至榻前，穆宗只握定高拱右手，款語備至，居正在旁，一眼也不正覷。嗣命兩人宿乾清門，夜半病劇，再召高拱、張居正，及高儀同受顧命，未幾駕崩，享年三十六歲。穆宗繼后陳氏無子，且多疾病，嘗居別宮，隆慶二年，立李貴妃子翊鈞為太子。五年，復立翊鈞弟翊鏐為潞王。翊鈞幼頗聰慧，六歲時，見穆宗馳馬宮中，他即叩馬諫阻道：「陛下為天下主，獨騎疾騁，倘一銜橛，為之奈何？」小時了了，大未必佳。穆宗愛他伶俐過人，下馬慰勉，即立為太子。陳皇后在別宮，太子隨貴妃往候起居，每晨過從，很得皇后歡心。后聞履聲，即立為強起，取經書瑣問，無不響答。貴妃亦喜，所以后妃情好，亦甚密切，向無間言。至是太子嗣位，年才十齡，後來廟號神宗，

124

小子亦即以神宗相稱。詔命次年改元，擬定萬曆二字。

這時候有個中官馮保，久侍宮中，頗得權力，本應依次輪著司禮監，適高拱薦舉陳洪及孟沖，保幾失位，遂怨高拱。獨張居正與他相結，很是契合。當穆宗病重時，居正處分十餘事，均用密書示保。拱稍有所聞，面詰居正道：「密函中有什麼大事？國家要政，應由我輩作主，奈何付諸內豎。」居正聞言，不禁面頰發赤，勉強一笑罷了。及神宗登極，百官朝賀，保竟升立御座旁，昂然自若，舉朝驚愕，只因新主登基，應懲中官專政，遂毅然上疏，請減輕司禮監權柄，又囑言官合疏攻保，自己擬旨斥逐。計算停當，即遣人走報居正，囑他從中出力。居正假意贊成，極口答應，暗地裡卻通知馮保，令他設法自全。居正為柱石大臣，誰意卻如此叵測。保聞言大懼，亟趨入李貴妃宮中，拜倒塵埃，磕頭不絕。居正問了三五次，方流下兩行眼淚，嗚嗚哭訴道：「奴才被高閣老陷害，不去敬奉太后皇上，不去敬奉他們，所以嗾使言官，攻訐奴才。高閣老擅自擬旨，將奴才驅逐，奴才雖死不足惜，只奴才掌司禮監，系奉皇上特旨，高閣老如何可以變更？奴才不

第七十一回　王總督招納降番　馮中官訴逐首輔

能侍奉太后皇上，所以在此悲泣，請太后作主，保全蟻命。」無一語不中聽，無一字不遑刁。說到此處，又連磕了幾個響頭。李貴妃怒道：「高拱雖系先皇舊輔，究竟是個臣子，難道有這般專擅麼？」保又道：「高拱跋扈，朝右共知，只因他位尊勢厚，不敢奏劾，還請太后留意！」貴妃點首道：「你且退去！我自有法。」保拭淚而退。越日召群臣入宮，傳宣兩宮特旨，高拱欣然直入，滿擬詔中必逐馮保，誰知詔旨頒下，並不是斥逐馮太監，乃是斥逐一個高大學士。正是：

古諺有言，弄巧反拙。
騎梁不成，反輸一跌。

高拱聞到此詔，不由的伏在地上，幾不能起。欲知高拱被逐與否，且至下回說明。

俺答特趙全等為耳目，屢犯朔方，城狐社鼠，翦滅不易，設非把漢那吉叩關請降，亦何自弭兵戢釁？而原其致此之由，則實自三娘子始。何來尤物，乃勝於中國十萬兵耶？且為韃靼計，亦未嘗無利。中外修和，交通貢市，彼此罷兵數十年，子子孫孫，均得安享榮華，寧非三娘子之賜？然則韃靼之有三娘子，幾成為奇人奇事，而王崇古之因利招徠，亦明季中之一大功臣也。穆宗在位六年，乏善可紀，唯任用邊將，最稱得人，

126

意者其亦天恤民艱，暫俾蘇息耶？至穆宗崩而神宗嗣，中官馮保，又復得勢，內蠹復萌，外奸乘之，吾不能無治少亂多之嘆矣。

第七十一回　王總督招納降番　馮中官訴逐首輔

第七十二回 莽男子闖入深宮 賢法司力翻成案

卻說高拱入朝聽旨，跪伏之下，幾乎不能起身。看官！你道這旨中如何說法，由小子錄述如下：

皇后皇貴妃皇帝旨曰：「告爾內閣五府六部諸臣！大行皇帝殯天先一日，召內閣三臣至御榻前，跟我母子三人，親受遺囑曰：『東宮年少，賴爾輔導。』乃大學士高拱，攬權擅政，威福自專，通不許皇帝主管。我母子日夕驚懼，便令回籍閒住，不許停留。爾等大臣受國厚恩，如何阿附權臣，蔑視幼主？自今宜悉自洗滌，竭忠報國，有蹈往轍，典刑處之。」

還有一椿怵目驚心的事件，這傳宣兩宮的詔旨，便是新任司禮監的馮保。高拱跪著下面，所聞所見，全出意料，真氣得三屍暴炸，七竅生煙；可奈朝儀尊重，不容放肆，

第七十二回　莽男子闖入深宮　賢法司力翻成案

那時情不能忍，又不敢不忍，遂致跪伏地上，險些兒量了過去。至宣詔已畢，各大臣陸續起立，獨高拱尚匍伏在地，張居正不免驚疑，走近扶掖。拱方勉強起身，狼狽趨出，返入京寓，匆匆的收拾行李，僱了一乘牛車，裝載而去。居正與高儀，上章乞留。居正、馮保，通同一氣，還要假惺惺何為？有旨不許。嗣復為請馳驛歸籍，才算照准。未幾，高儀又歿，假公濟私的張江陵，遂巋然為首輔了。

先是居正入閣後，由吏部侍郎，升任尚書，兼太子太傅，尋晉封少傅，至是又加授少師。高儀的遺缺，任了禮部尚書呂調陽，唯一切典禮，仍由居正規定。追諡先考為莊皇帝，廟號穆宗。又議將陳皇后及李貴妃，各上尊號。明制於天子新立，必尊母后為皇太后，若本身係妃嬪所出，生母亦得稱太后，唯嫡母應特加徽號，以示區別。是時太監馮保，欲媚李貴妃，獨諷示居正，擬欲並尊。居正不便違慢，但令廷臣復議。廷臣只知趨承，樂得唯唯諾諾，哪個敢來攔阻？當下尊陳后為仁聖皇太后，仁聖居慈慶宮，慈聖居慈寧宮。居正請慈聖移居乾清宮，視帝起居，當蒙允准。慈聖太后馭帝頗嚴，每日五更，朝罷入宮，帝或嬉遊，不願讀書，必召使長跪，以此神宗非常敬畏。且與仁聖太后，始終親切，每遇神宗進謁，輒問往慈慶宮去未？所以神宗謁慈聖供點，即令登輿御殿，每日五更，朝罷入宮，帝或嬉遊，不願讀書，必召使長跪，以此神宗非常敬畏。

130

畢，必往謁仁聖。至外廷大事，一切倚任閣臣，未嘗干預。馮保雖承后眷，卻也不敢導帝為非。居正受后囑託，亦思整肅朝綱，不負倚畀，可見母后賢明，得使內外交儆。於是請開經筵，酌定三六九日視朝，餘日御文華殿講讀，並進帝鑑圖說，且在旁指陳大義。神宗頗喜聽聞，即命宣付史館，賜居正銀幣等物。萬曆改元，命成國公朱希忠，及張居正知經筵事。居正入直經筵，每在文華殿後，另張小幄，造膝密語。一日，在直廬感病，神宗手調椒湯，親自賜飲，真所謂皇恩優渥，無微不至呢。

是年元宵，用居正言，以大喪尚未經年，免張燈火。越日早朝，神宗正出乾清宮，突見一無須男子，神色倉皇，從甬道上疾趨而入。侍衛疑是宦官，問他入內何干，那人不答。大眾一擁上前，將他拿住，搜尋袖中，得利匕首一柄，即押至東廠，令司禮監馮保鞫訊。保即刻審問，供稱姓王名大臣，天下寧有自名王大臣者，其假可知。由總兵戚繼光部下來的。保問畢，將他收系，即往報張居正，複述供詞。居正道：「戚總兵方握南北軍，忠誠可靠，想不至有意外情事。」保遲疑未答。居正微笑道：「我卻有一計在此。」保問何計？居正附保耳低語道：「足下生平所恨，非高氏麼？今可借這罪犯身上，除滅高氏。」何苦乃爾。保大喜道：「這計一行，宿恨可盡消了。還有宮監陳洪，也是我的對頭，從前高拱嘗薦為司禮，此番我亦要牽他在內，少師以為何如？」居正道：「這

第七十二回　莽男子闖入深宮　賢法司力翻成案

由足下自行裁奪便了。」保稱謝而去，即令掃廁小卒，名叫辛儒，授他密言，往教罪犯王大臣。辛儒本是狡點，趨入獄內，先與大臣婉語一番。嗣備份了酒食，與大臣對飲，漸漸的問他履歷。大臣時已被酒，便道：「我本是戚帥部下三屯營南兵，偶犯營規，被他杖革，流落京師，受了許多苦楚。默唸生不如死，因闖入宮中，故意犯駕，我總教咬住戚總兵，他也必定得罪。戚要杖我，我就害戚，那時死亦瞑目了。」犯規被斥，猶思報復，且欲加戚逆案，叵測極矣。戚總兵為南北保障，未見得被你扳倒，你不過白喪了一條性命，我想你也是個好漢，何苦出此下策？目今恰有一個極好機會，不但你可脫罪，且得升官發財，你可願否？」大臣聽到此言，不禁起立道：「有這等好機會麼？我便行去，但不知計將安出。」辛儒低聲道：「你且坐著！我與你細講。」大臣乃復坐下，側耳聽著。辛儒道：「你但說是高相國拱，差你來行刺的。」大臣搖首道：「我與高相國無仇，如何扳他？」不肯扳誣高相國，如何怨誣戚總兵。辛儒道：「你這個人，煞是有些呆氣。高相國為皇太后皇上所恨，所以逐他回籍，就是大學士張居正，司禮監馮保，統是與高有隙，若你扳倒了他，豈不是內外快心，得邀重賞麼？」大臣道：「據你說來，我為高相國所差，我既願受差使，豈不是先自坐罪麼？」辛儒道：「自首可以免罪。且此案由馮公審訊，馮公教我授你密計，你若照計而行，馮公自然替你轉圜

132

呢。」大臣聽至此處，不禁離座下拜道：「此言果真，你是我重生父母哩。」辛儒把他扶起，復與他暢飲數杯，便出獄報知馮保。

保即提出大臣復訊。大臣即一口咬定高拱，保不再細詰，即令辛儒送他還獄，並給大臣蟒袴一條，劍二柄，劍首都飾貓睛異寶，俟將來延訊時，令說為高拱所贈，可作證據。並囑使不得改供，定畀你錦衣衛官職，且賞千金，否則要搒掠至死，切記勿忘！大臣自然唯唯聽命。馮保即據偽供上聞，且言內監陳洪，亦有勾通消息，已逮入獄中。一面飭發緹騎，飛速至高拱里第，拿回家僕數人，嚴刑脅供。居正亦上疏請詰主使，兩路夾攻，高拱不死，亦僅矣。鬧得都下皆聞，人言藉藉。

居正聞物議沸騰，心下恰也未安，私問吏部尚書楊博，博正色道：「這事情節離奇，一或不慎，必興大獄。今上初登大寶，秉性聰明，公為首輔，應導皇上持平察物，馴至寬仁。況且高公雖愎，何至謀逆，天日在上，豈可無故誣人？」居正被他說得羞慚，不由的面赤起來，勉強答了一二語，即歸私第。忽報大理寺少卿李幼孜到來，李與居正同鄉，當然接見。幼孜扶杖而入，居正便問道：「足下曳杖來此，想系貴體違和。」幼孜不待說畢，就接口道：「抱病謁公，無非為著逆案，公若不為辯白，將來恐汙名青

第七十二回　莽男子闖入深宮　賢法司力翻成案

史哩。」居正心中一動,勉強應道:「我正為此事擔憂,何曾有心羅織。」幼孜道:「叮在同鄉,所以不憚苦口,還祈見諒!」居正又敷衍數語,幼孜方才別去。

御史鍾繼英上疏,亦為高拱營救,暗中且指斥居正,居正不悅,擬旨詰問。左都御史葛守禮,往見尚書楊博道:「大獄將興,公應力諍,以全大體。」博答道:「我已勸告張相國了。」守禮又道:「今日眾望屬公,謂公能不殺人媚人,公奈何以已告為辭?須再去進陳,務免大獄方好哩!」守禮欣然願行,遂偕至居正宅中。居正見二人到來,便開口道:「東廠獄詞已具,俟同謀人到齊,便奏請處治了。」守禮道:「守禮何敢自附亂黨!但高公諒直,願以百口保他。」居正默然不應。楊博亦插入道:「願相公主持公議,保全元氣。東廠中人,寧有良心?倘株連眾多,後患何堪設想?」居正仍坐在當地,不發一言。博與守禮,復歷數先朝政府,相名坐損,互相傾軋,到了夏言、嚴嵩、徐階、高拱等人,居正甚不耐煩,竟忿然道:「兩公今日,以為我甘心高公麼?廠中揭帖具在,可試一觀!」說至此,奮身入內,取廠中揭帖,出投博前道:「公請看來!與我有無干涉!」全是意氣用事。博從容取閱,從頭細瞧,但見帖中有二語云:「大臣所供,歷歷有據。」「歷歷有據」四字,乃是從旁添入,預設字跡,實系居正手筆。偏露出馬腳來。當下也

不明說，唯嗤然一笑，又將揭帖放入袖中。居正見一笑有因，猛憶著有四字竄改，只好支吾說道：「廠中人不明法理，故此代易數字。」守禮道：「機密重情，不即上聞，豈可先自私議？我兩人非敢說公甘心高氏，但是目下回天，非仗公力不可！」楊、葛兩公，可謂有心人，看出破綻，仍用婉言，不怕居正不承。居正至此，無可推諉，方揖謝道：「如可挽回，敢不力任。」但牽挽牛尾，很覺費事，如何可以善後呢？」楊博道：「公特不肯力任呢！如肯力任，何難處置，現唯得一有力世家，與國家義同休戚，便可託他訊治了。」居正感悟，欣然道：「待我入內奏聞，必有以報兩公。」兩人齊聲道：「這是最好的了，造福故家，留名史策，均在此舉哩！」說罷，拱手告別。

居正送出兩人，即入宮請獨對，自保高拱無罪，請特委勳戚大臣，澈底查究。神宗乃命都督朱希孝，左都御史葛守禮，及馮保會審王大臣。希孝系成國公朱希忠弟，接了此旨，忙與乃兄商議道：「哪個奏聞皇上，弄出這個難題目，要我去做？一或失察，恐宗祀都難保了。」說著，掩面涕泣。正是庸愚。希忠也惶急起來，相對哭著。一對飯桶，不愧難兄難弟。哭了半晌，還是希忠有點主意，令希孝去問居正。居正與語道：「不必問我，但去見吏部楊公，自有方法。」希孝當即揖別，往謁楊博，且語且泣。博笑道：「這不過借公勳戚，保全朝廷大體，我等何忍以身家陷公？」希孝嗚咽道：「欲平反

135

第七十二回　莽男子闖入深宮　賢法司力翻成案

此獄，總須搜查確證，方免讒言，謝別而回，暗中恰遣了校尉，先入獄中，訊明刀劍來由。是一個反覆無常才改憂為喜，」博又道：「這又何難！」當下與希孝密談數語。希孝經校尉威嚇婉誘，方說由辛儒繳來，略說一遍。大臣始不吐實，的罪犯，馮保也未免自誤。校尉復說道：「國家定制，入宮謀逆，法應滅族，奈何自願引罪？不如吐實，或可減免。」大臣淒然道：「我實不知。辛儒說我持刀犯駕，罪坐大辟，因教我口供如此，不特免罪，且可富貴，誰知他竟是誑我呢！」說至此，大哭不止。校尉反勸慰一番，始行覆命。

適高氏家人，已逮入京，希孝乃偕馮保、葛守禮，三人升廳會審。明朝故事，法司會審，須將本犯拷打一頓，叫做雜治。大臣上得法庭，馮保即命雜治，校尉走過，洗剝大臣衣服，大臣狂呼道：「已經許我富貴，為何雜治我？」校尉不理，將他捋掠過了，方推近公案跪下。希孝先命高氏家人，雜列校役中，問大臣道：「你看兩旁校役，有無認識？」大臣忍著痛，張目四瞧，並無熟人，便道：「沒有認識。」保聞言大驚，勉強鎮定了神，復道：「你不要瞎鬧！前時為何供稱高相國？」大臣道：「是你教我說的。我敢犯駕，究系何人主使，從實供來！」大臣瞪目道：「是你差我的。」又證一句，直使馮保無地自容。保失色不語。希孝復問道：「你的曉得什麼高相國？」

蟒袴刀劍，從何得來？」大臣道：「是馮家僕辛儒，交給我的。」索性盡言，暢快之至。保聽著這語，幾欲逃走，兩肩亂聳，態度倉皇。還是希孝瞧不過去，替保解圍道：「休得亂道！朝廷的訊獄官，豈容你亂誣麼？」遂命校尉將大臣還押，退堂罷訊。

保跟蹌趨歸，暗想此案尷尬，倘大臣再有多言，我的性命，也要丟去，便即遣心腹入獄，用生漆調酒，勸大臣飲下，大臣不知是計，一口飲訖，從此做了啞子，不能說話。此時宮內有一般太監，年已七十多歲，系資格最老的內侍，會與馮保同侍帝側，談及此事。殷太監啟奏道：「高拱忠臣，豈有此事！」又旁顧馮保道：「高鬍子是正直人，不過與張居正有嫌，居正屢欲害他，我輩內官，何必相助！」原來高拱多須，所以稱為鬍子。保聞言，神色漸沮。內監張宏，亦力言不可，於是獄事遷延。等到刑部擬罪，只把大臣斬決，餘免干連。一番大風浪，總算恬平。拱本河南新鄭人，嗣後出仕中州的官吏，不敢再經新鄭，往往繞道而去。統是偷生怕死的人物。至萬曆六年，拱方病歿，居正奏請復拱原官，給與祭葬如例。又似強盜發善心。唯馮保餘恨未釋，請命太后一切賜恤，減從半數。祭文中仍寓貶詞，後來追念遺功，方贈拱太師，予諡文襄。小子有詩詠高拱道：

第七十二回　莽男子闖入深宮　賢法司力翻成案

自古同寅貴協恭，胡為器小不相容？若非當日賢臣在，小過險遭滅頂凶

欲知明廷後事，且俟下回續陳。

馮保一小人耳，小人行事，陰賊險狠，固不足責。張居正稱救時良相，乃與內監相毗，傾害高拱，彼無不共戴天之仇，竟思戮高氏軀，赤高氏族，何其忮刻若此耶？設非楊、葛諸大臣，力謀平反，則大獄立興，慘害甚眾。居正試反己自問，其亦安心否乎？殷、張兩內監，猶有人心，令居正聞之，能毋汗下。至於馮保訊獄，三問三供，世之設計害人者，安能盡得王大臣，使之一反噬乎？保益恚恨，且藥啞王大臣，令之不能再說。小人之心，甚於蛇蠍，良足畏也！然觀王大臣供詞，令我心快不已，為之飲一大白。

第七十三回

奪親情相臣嫉諫　規主闕母教流芳

卻說張居正既握朝綱，一意尊主權，課吏治，立章奏，考成法，定內外官久任法。百司俱奉法守公，政體為之一肅。兩宮太后，同心委任，凡遇居正進謁，必呼先生，且雲皇上若有違慢，可入內陳明，當為指斥云云。於是居正日侍經筵，就是講解音義，亦必一一辨正，不使少誤。某日，神宗讀《論語・鄉黨篇》，至「色勃如也」句，「勃」字誤讀作「背」字，居正在旁厲聲道：「應作『勃』字讀。」神宗嚇了一跳，幾乎面色如土。同列皆相顧失色，居正尚凜凜有怒容。後來奪官籍家之禍，即基於此。嗣是神宗見了居正，很是敬畏。居正除進講經書外，又呈入御屏數幅，各施藻繪，凡天下各省州縣疆域，以及職官姓名，均用浮箋標貼，俾供乙覽。一日講筵已畢，神宗問居正道：「建文帝出亡，做了和尚，這事果的確否？」居正還奏道：「臣觀國史，未載此事，只聞故

第七十三回　奪親情相臣嫉諫　規主闕母教流芳

老相傳，披緇雲遊，題詩田州寺壁上，約有數首，有「流落江湖四十秋」七字，臣尚記得。或者果有此事，亦未可知。」神宗嘆息數聲，覆命居正錄詩以進。居正道：「這乃亡國遺詩，何足寓目！請錄皇陵石碑，及高皇帝御製文集，隨時備覽，想見創業艱難，聖謨隆盛呢。」神宗稱善。至次日，居正即錄皇陵碑文呈覽。神宗覽畢，即語居正道：「朕覽碑文，讀至數過，不覺感傷欲泣了。」居正道：「祖宗當日艱難，至於如此。皇上能效法祖宗，方可長保大業哩。」乃申述太祖微時情狀，及即位後勤儉等事。神宗愴然道：「朕承祖宗大統，敢不黽勉，但也須仗先生輔導呢！」由是累有賞賜，不可勝紀。最著的是銀章一方，鐫有「帝賚忠良」四字。又有御書匾額兩方，一方是「永保天命」，一方是「弼予一人」。

居正以在閣辦事，只有呂調陽一人，不勝煩劇，復引薦禮部尚書張四維，問居正，四時不絕，所以居正一力薦舉。向例入閣諸臣，嘗云同某人等辦事，至是直稱隨元輔居正等辦事。四維特別謙恭，對著居正，不敢自稱同僚，彷彿有上司屬吏的等級，平時毫無建白，只隨著居正拜賜進宮罷了。卑屈至此，有何趣味。唯四維入閣後，禮部尚書的遺缺，就用了萬士和。士和初官庶吉士，因忤了嚴嵩，改為部曹，累任按察布政使，並著清節，及入任尚書，屢上條奏，居正頗嫉他多言。會擬越級贈朱希忠王

爵，士和力持不可，給事中餘懋學，奏請政從寬大，被居正斥他諷謗，削籍為民。士和又上言懋學忠直，不應推抑，自遏言路。種種忤居正意，遂令給事中朱南雍，奏劾士和，士和因謝病歸休。

適薊州總兵戚繼光，擊敗朵顏部長董狐狸，生擒狐狸弟長禿，狐狸情願降附，乞赦乃弟。繼光乃將長禿釋回，酌定每歲貢市，一面由巡按遼東御史劉台，上書奏捷。居正以巡按不得報軍功，劾台違制。台亦抗章劾居正，說他擅作威福，如逐大學士高拱，私贈成國公朱希忠王爵，引用張四維等為爪牙，排斥萬士和、餘懋學等，統是罔上行私的舉動，應降旨議處等情。居正自入閣秉政，從未遇著這種彈章，見了此疏，勃然大怒，當即具疏乞歸。神宗急忙召問，居正跪奏道：「御史劉台，謂臣擅威福，臣平日所為，正未免威福自擅呢。但必欲取悅下僚，臣非不能，怎奈流弊一開，必致誤國。若要竭忠事上，不能不督飭百官。百官喜寬惡嚴，自然疑臣專擅。臣勢處兩難，不如恩賜歸休，才可免患。」說至此，隨即俯伏，泣不肯起。無非要挾。神宗親降御座，用手掖居正道：「先生起來！朕當逮問劉台，免得他人效尤。」居正方頓首起謝。當下頒詔遼東，逮台入京，拘繫詔獄，嗣命廷杖百下，擬戍極邊。居正反上疏救解，故智復萌。乃除名為民。未幾，遼東巡撫張學顏，復誣劾台匿贓錢，想是居正嗾使。因復充戍潯州。台到戍

第七十三回　奪親情相臣媒諫　規主闕母教流芳

所，就戍館主人處，飲酒數杯，竟致暴斃。這暴斃的情由，議論不一，明廷並未詰究，其中弊竇，可想而知，毋庸小子贅說了。不說之說，尤勝於說。

到了萬曆五年，居正父死，訃至京師。神宗手書宣慰，又飭中使視粥止哭，絡繹道路，賻儀特別加厚，連兩宮太后，亦有特賜，唯未曾諭留視事。時李幼孜已升任戶部侍郎，欲媚居正，首倡奪情的議論。馮保與居正友善，亦願他仍然在朝，可作外助，遂代為運動，傳出中旨，令吏部尚書張瀚，往留居正。居正也恐退職以後，被人陷害，巴不得有旨慰留，但面子上似說不過去，只好疏請奔喪。居正暗中恰諷示張瀚，令他奏留居正。瀚佯作不知，且云：「首相奔喪，應予殊典，應由禮部擬奏，與吏部無涉。」居正聞言，很是忿恨。又浼馮保傳旨，責瀚久不覆命，失人臣禮，勒令致仕。於是一班趨炎附勢的官員，陸續上本，請留首輔，奏中大意，無非把移孝作忠的套話，敷衍滿紙。移孝作忠四字，豈是這般解法。居正再請終制，有旨不許。又請在官守制，不入朝堂，仍預機務，乃邀允准。連上朝都可免得，是居正死父，大是交運。居正得遂私情，仍然親裁政務，與沒事人一般。

會值日食告變，編修吳中行及檢討趙用賢、刑部員外郎艾穆、主事沈思孝等，應詔

陳言，均說居正忘親貪位，煬蔽聖聰，因干天變云云。居正得了此信，憤怒得了不得，當下通知馮保，教他入訴神宗，概加廷杖。大宗伯馬自強，急至居正府第，密為營解。居正見了自強，略談數語，便撲的跪下，帶哭帶語道：「公饒我！公饒我！」自強答禮不迭，忽聞掌院學士王錫爵到來，居正竟跟蹌起身，趨入喪次。錫爵徑至喪次中，晤見居正，談及吳、趙等上疏，致遭聖怒等事。居正淡淡地答道：「聖怒正不可測哩。」錫爵道：「聖怒亦無非為公。」語尚未訖，居正又跪倒地上，勃然道：「公來正好！快把我首級取去，免致得罪諫官！」一面又舉手作刎頸狀，嚇得倒退倒躲，一溜煙的逃出大門去了。馬自強亦乘勢逃去。隔了數日，吳中行、趙用賢、艾穆、沉思孝四人，同受廷杖。侍講於慎行、田一儁、張弦、趙志皋、修撰習孔教、沈懋學等，具疏營救，俱被馮保攔住。進士鄒元標，復上疏力諫，亦坐杖戍。南京御史朱鴻模，遙為諫阻，並斥為民。且詔謫吳、趙、艾、沈四人，吳中行、趙用賢即日出都，同僚相率觀望，無一人敢去送行，只有經筵講官許文穆贈中行玉杯一隻，用賢犀杯一隻，玉杯上鐫著三語道：

斑斑者何？卞生淚。英英者何？蘭生氣。追追琢琢永成器。

第七十三回　奪親情相臣嫉諫　規主闕母教流芳

犀杯上鑴著六語道：

文羊一角，具理沉黯，不惜刻心，寧辭碎首？黃流在中，為君子壽。

古人說得好：「人心未泯，公論難逃」，為了居正奪情，各官受譴等事，都下人士，各抱不平。夤夜裡乘人不備，竟向長安門外，掛起匿名揭帖來。揭帖上面，無非是謗議居正，說他無父無君，跡同莽、操。事為神宗所聞，又頒諭朝堂道：

奸邪小人，藐朕沖年，忌憚元輔，乃借綱常之說，肆為誣論，欲使朕孤立於上，得以任意自恣，茲已薄處，如此後再有黨奸懷邪，必從重懲，不稍寬宥，其各凜遵！

這諭下後，王錫爵、於慎行、田一儁、沈懋學等，先後乞病告歸。既而彗星現東南方，光長竟天，當下考察百官，趙志皋、張袄、習孔教等，又相繼遷謫，算作厭禳星變的計畫，這正是想入非非了。越年，神宗將行大婚禮，令張居正充納採問名副使。給事中李涷，奏稱居正持喪，不宜與聞大婚事，乞改簡大臣。神宗不允，傳皇太后諭旨，令居正變服從吉，但恐傷先生孝思，不得已暫從所請。唯念國事至重，朕無所依賴，未免懷憂。」居正叩首道：「臣為父治葬，不能不去，只乞皇上大婚以後，應撙節愛道：「朕不能捨去先生，居正遂奉旨照辦。等冊后禮成，方乞歸治葬。神宗召見平台，特賜慰諭

養，留心萬幾。」說畢，伏地慟哭。慟哭何為？無非要結人主。神宗亦為之悽然，不禁墮淚道：「先生雖行，國事尚宜留意。此後倘有建白，不妨密封言事。」居正稱謝而起，進辭兩宮太后，各賜賻金，慰諭有加。

居正歸後，神宗復敕大學士呂調陽等，如遇大事，不得專決，應馳驛至江陵，聽居正處分。既而由春入夏，又有旨徵令還朝。居正以母老為辭，不便冒暑北行，請俟秋涼就道。神宗又遣指揮翟汝敬，馳驛敦促，更令中使護居正母，由水道啟行。居正乃遵旨登程，所經州縣，守臣多跪謁；就是撫按長吏等，亦越界送迎，身為前驅。及到京師，兩宮又慰勞備至，賞賚有加。居正還朝，再疏告歸，概照前例。唯呂調陽自慚伴食，託病乞休，起初未蒙俞允，至居正還朝，乃准令致仕。解組歸田去了。還算有些氣節。

是時神宗已冊后王氏，伉儷情深，不勞細說。獨李太后以帝已大婚，不必撫視，仍返居慈寧宮，隨召居正入內，與語道：「我不便常視皇帝，先生系國家元輔，親受先帝付託，還希朝夕納誨，毋負顧命！」居正唯唯而退。嗣是居正特別黽勉，所有軍國要政，無不悉心籌畫。內引禮部尚書馬自強，及吏部侍郎申時行，參贊閣務，外任尚書方逢時，總督宣大，總兵李成梁，鎮撫遼東。方逢時與王崇古齊名，崇古內用，逢時專任

第七十三回　奪親情相臣嫉諫　規主闕母教流芳

邊事，悉協機宜。李成梁驍悍善戰，屢摧塞外巨寇，積功封寧遠伯，內外承平，十年無事。

居正又上《肅雍殿箴》，勸神宗量入為出，罷節浮費，復盡汰內外冗員，嚴核各省財賦。只神宗年齡浸長，漸備六宮，令司禮監馮保，選內豎三千五百人入宮，充當使令。內有孫海、客用兩奄豎，便佞狡黠，得邀寵幸，嘉靖、隆慶兩朝，非無秕政，而中官不聞橫行，良由裁抑得宜之故。至此又復開端，漸成客、魏之弊。嘗導神宗夜遊別宮，小衣窄袖，走馬持刀，彷彿似鏢客一般。一夕，神宗被酒，命隨侍太監，按歌新聲。曲調未諧，竟惹動神宗怒意，拔出佩劍，欲斫歌豎頭顱，還是孫、客兩人，從旁解勸，方笑語道：「頭可恕，發不可恕。」遂令他脫下頭巾，將發割去，想是從曹操處學來。這事被馮保聞知，便去稟訴李太后。太后大怒，自著青布袍，撤除簪珥，速即上疏極諫。神宗得著消息，不免驚慌，可奈母命難違，只好硬著頭皮，慢慢兒的入慈寧宮。一進宮門，便聞太后大聲催促。到瞭望見慈容，形神服飾，與尋常大不相同，不覺心膽俱戰，連忙跪下磕頭。太后瞋目道：「你好！你好！先皇帝付你大統，叫你這般遊蕩麼？」神宗帶抖帶語道：「兒、

146

兒知罪了，望母后寬恕！」太后哼了一聲道：「你也曉得有罪麼？」說至此，馮保已捧呈張居正諫疏，由太后略瞧一遍，語頗簡直，擲付神宗道：「你且看來！」神宗取過一閱，方才瞧罷，但聽太后又道：「先帝彌留時，內囑你兩母教育，外囑張先生等輔導，真是煞費苦心，不料你不肖子，膽大妄為，如再不肯改過，恐將來必玷辱祖先，我顧宗社要緊，也管不得私恩，難道必要用你做皇帝麼？」母教嚴正，不愧賢妃。又旁顧馮保道：「你去到內閣中，取霍光傳來！」保復應聲而去。不一時，返入宮內，叩頭奏道：「張相國浼奴才代奏，據言皇上英明，但教自知改過，將來必能遷善。霍光故事，臣不敢上聞！今不如草詔罪已已罷了。」太后道：「張先生既這般說，就這般辦罷，你去教他擬詔來！」保又起身趨出。未幾，返呈草詔，太后叱令神宗起來，親筆謄過，頒示朝堂。可憐神宗雙膝，已跪得疼痛異常，一些兒不肯放鬆，那時只好照本謄錄，呈與太后覽過，交馮保頒發去了。太后到了此時，禁不住流淚兩行。神宗又跪泣認悔，方得奉命退出。京中聞了這事，謠言蜂起，統說兩宮要廢去神宗，別立潞王翊（見七十一回）。後來查無音信，方漸漸的息了浮言，這且休表。

且說李太后既訓責神宗，復將孫海、客用兩人，逐出宮外，並令馮保檢核內侍，所

第七十三回　奪親情相臣嫉諫　規主闕母教流芳

有太監孫德秀、溫泰等，向與馮保未協，俱被攆逐。神宗雖然不悅，終究是無可奈何，只好得過且過，再作計較。張居正恐神宗啟疑，因具疏乞休，作為嘗試。疏中有「拜手稽首歸政」等語。居正自命為禹、皋。那時神宗自然慰留，手書述慈聖口諭：「張先生親受先帝付託，怎忍言去，俟輔上年至三十，再議未遲。」居正乃仍就原職，請囑儒臣編纂累朝寶訓實錄，分四十章，次第進呈，作為經筵講義。大旨如下：：

（一）創業艱難。（二）勵精圖治。（三）勤學。（四）敬天。（五）法祖。（六）保民。（七）謹祭祀。（八）崇孝敬。（九）端好尚。（十）慎起居。（十一）戒遊佚。（十二）正宮闈。（十三）教儲貳。（十四）睦宗藩。（十五）親賢臣。（十六）去奸邪。（十七）納諫。（十八）守法。（十九）敬戒。（二十）務實。（二十一）正紀綱。（二十二）審官。（二十三）久任。（二十四）考成。（二十五）重守令。（二十六）馭近習。（二十七）待外戚。（二十八）重農。（二十九）興教化。（三十）明賞罰。（三十一）信詔令。（三十二）謹名分。（三十三）卻貢獻。（三十四）慎賞罰。（三十五）甘節儉。（三十六）慎刑獄。（三十七）褒功德。（三十八）屏異端。（三十九）飭武備。（四十）禦寇盜。

看官！你想神宗此時，已是情慾漸開，好諛惡直的時候，居正所陳各種請求，實與

神宗意見並不相符,不過形式上面,總要敷衍過去,當下優詔褒答,允准施行。待至各項講義,次第編竣,由日講官陸續呈講,也只好恭己以聽。一俟講畢,即散遊各宮,樂得圖些暢快,活絡筋骸。一日,退朝罷講,閒踱入慈寧宮,正值李太后往慈慶宮閒談,不在宮中,正擬退出宮門,忽見一個年少的女郎,裊裊婷婷的走將過來,向帝請安。

這一番有分教:：

渾疑洛水仙妃至,好似高唐神女來。

畢竟此女為誰,且由下回說明。

張居正所恃,唯一馮保,馮保所恃,不外張居正,觀其狼狽相倚,權傾內外,雖不無可取之處,而希位固寵之想,嘗憧擾於胸中。居正綜核名實,修明綱紀,於用人進諫諸大端,俱能力持大體,不可謂非救時良相。然居父喪而思起復,嫉忠告而斥同僚,人倫隳矣,其餘何足觀乎!馮保聞神宗冶遊,密白太后,為補袞箴闕起見,亦不得謂其下情,然窺其隱衷,無非挾太后以制幼主;至若孫德秀、溫泰等,則又因睚眥之嫌,盡情報復,狡悍著矣,其他何足責乎?吾讀此回,且願為之易其名曰:「是為馮保、張居正合傳」,而是非可不必辨云。

第七十三回　奪親情相臣嫉諫　規主闕母教流芳

第七十四回　王宮人喜中生子　張宰輔身後籍家

卻說神宗踱入慈寧宮，巧遇一個宮娥，上前請安，磕過了頭，由神宗叫她起來，方徐徐起身，侍立一旁。神宗見她面目端好，舉止從容，頗有些幽嫻態度，不禁憐愛起來，後來要做貴妃太后，想不致粗率輕狂。隨即入宮坐下。那宮人亦冉冉隨入，當由神宗問明太后所在，並詢及姓氏，宮人答稱王姓。神宗約略研詰，仔細端詳，見她應對大方，丰神綽約，尤覺雅緻宜人，不同俗態，當下沉吟半晌，復與語道：「你去取水來，朕要盥手哩！」王宮人乃走入外室，奉匜沃水，呈進神宗。神宗見她雙手苗條，膚致潔白，越覺生了憐惜，正要把她牽拉，猛記有貼身太監，隨著後面，返身回顧，果然立在背後，便令他迴避出去。王宮人見內侍驅出，料知帝有他意，但是不便抽身，只好立侍盥洗，並呈上手巾。由神宗拭乾了手，即對王氏一笑道：「你為朕侍執巾櫛，朕恰不便

151

第七十四回　王宮人喜中生子　張宰輔身後籍家

負你呢。」王宮人聞言，不地的紅雲上臉，雙暈梨渦。神宗見了，禁不注意馬心猿，竟學起楚襄王來，將她按倒陽台，做了一回高唐好夢。恐就借太后寢床做了舞台。王宮人得此奇遇，正是半推半就，笑啼俱有，等到雲散雨收，已是暗結珠胎，兩人事畢起床，重複盥洗，幸太后尚未回宮，神宗自恐得罪，匆匆地整好衣襟，抽身去訖。次日即命隨去的內侍齎了頭面一副，賜給王宮人，並囑內侍謹守祕密，誰知那文房太監，職司記載，已將臨幸王宮人的事情，登薄存錄了。嗣是神宗自覺心虛，不便再去臨幸，雖晨夕請安，免不得出入慈寧宮，只遇著王宮人，恰是不敢正覷。王宮人怨帝薄倖，也只能藏著心中，怎能露出形跡？轉眼數月，漸漸的腰圍寬大，茶飯不思起來。太后瞧著，覺得王氏有異，疑及神宗，但一時不便明言，唯暗中偵查神宗往來。

這時候的六宮中，有個鄭妃，生得姿容美麗，閉月羞花，神宗很是寵愛，冊封貴妃，平時常在她宮中住宿，非但妃嬪中沒人及她，就是正宮王皇后，也不能似她寵遇。太后調查多日，不見有可疑情跡，唯看這王宮人肚腹膨脹，行步艱難，明明是身懷六甲，不必猜疑，便召入密問。王宮人伏地嗚咽，自陳被幸始末。好在太后嚴待皇帝，厚待宮人，也不去詰責王氏，只命她起居靜室，好生調養，一面飭文房太監，呈進皇上起居簿錄，果然載明臨幸時日，與王宮人供語，絲毫無誤。虧有此簿。當命宮中設宴，

152

邀同陳太后入座,並召神宗侍宴。席間談及王后無出,陳太后未免嘆息。李太后道:「皇兒也太不長進,我宮內的王氏女,已被召幸,現已有娠了。」神宗聞言,面頰發赤,口中還要抵賴,說是未有此事。王氏幸懷龍種,還得出頭,否則一度臨幸,將從此休了。李太后道:「何必隱瞞!」隨把內起居簿錄,取交神宗,並云:「你去看明,曾否妄載?」神宗到了此時,無言可辯,沒奈何離座謝罪。李太后又道:「你既將她召幸,應該向我稟明,我也不與你為難,叫她備入六宮,也是好的。到了今日,我已查得明明白白,你還要抵賴,顯見得是不孝呢,下次休再如此!」神宗唯唯連聲,陳太后亦從旁勸解。李太后又道:「我與仁聖太后,年均老了,彼此共望有孫。今王氏女有娠,若得生一男子,也是宗社幸福。古云:『母以子貴』,有什麼階級可分哩?」保全王氏,在此一語。陳太后很是贊成。宴飲已畢,陳太后還入慈慶宮,神宗亦謝宴出來,即命冊王宮人為恭妃。冊寶已至,王宮人即拜謝兩宮太后,移住別宮。既而懷妊滿期,臨盆分娩,果然得一麟兒,這就是皇長子常洛。後來嗣位為光宗皇帝,大赦天下,並加上兩宮太后徽號。陳太后加「康靜」兩字,李太后加「明肅」兩字,喜氣重重,中外稱慶,且不必細述。

單說皇長子將生的時候,大學士張居正,忽患起病來,臥床數月,仍未告痊。百官

第七十四回　王宮人喜中生子　張宰輔身後籍家

相率齋戒，代為祈禱。南都、秦、晉、楚、豫諸大吏，亦無不建醮，均替他祝福禳災。神宗命張四維等，掌理閣中細務，遇著大事，仍飭令至居正私第，由他裁決。會泰寧衛酉巴速亥，入寇義州，為寧遠伯李成梁擊斃，露布告捷，朝廷歸功居正，晉封太師。明代文臣，從未有真拜三公，自居正柄政，方得邀此榮寵。怎奈福為禍倚，樂極悲生，饒你位居極品，逃不出這生老病死四字。見道之言。居正一病半年，累得骨瘦如柴，奄奄一息，自知死期將至，乃薦故禮部尚書潘晟，及吏部侍郎餘有丁自代。晟素貪鄙，不滿人望，因馮保素從受書，特浼居正薦舉，神宗立刻允准，命晟兼武英殿大學士。詔下甫五日，言官已交章劾晟，不得已將他罷官。未幾，居正病逝，神宗震悼輟朝，遣司禮太監護喪歸葬，賜賻甚厚。兩宮太后及中宮，俱加賚金幣，並賜祭十六壇，贈上柱國，予諡文忠。

只是銅山西崩，洛東應，居正一死，宮內的權閹馮保免不得成了孤立。更兼太后歸政已久，年力浸衰，也不願問及外事，所以保勢益孤。當潘晟罷職時，保方病起，聞報遽怒道：「我適小恙，不致遽死，難道當今遂沒有我麼？」還要驕橫，真是不識時務。是時皇長子已生，保又欲晉封伯爵。長子系神宗自生，與馮保何與，乃欲封伯爵耶？張

154

四維以向無此例，不便奏議，只擬予蔭他弟姪一人，作為都督僉事。保復怒道：「你的官職，從何處得來？今日乃欲負我，連一個虛銜，都不能替我轉圜，未免不情！」說得四維啞口無言。會東宮舊閹張宗，素忌保寵，意圖排斥。宗有同事張鯨，前被保放逐，至是復入。兩人遂交相勾結，伺隙白帝，歷訴保過惡，及與張居正朋比為奸等情。神宗本來恨保，一經挑撥，自然激動起來。御史江東之，又首劾保黨錦衣同知徐爵，神宗遂將爵下獄，飭刑部定了死罪，算是開了頭刀。言官李植，窺伺意旨，復列保十二大罪，統是神宗平日敢怒不敢言的事情。此時乾綱獨斷，毫無牽掣，遂謫保為南京奉御，不准須臾逗留；並令錦衣衛查抄家產，得資巨萬。東之並勁吏部尚書梁夢龍，工部尚書曾希吾，吏部侍郎王篆，均為保私黨，應即斥退。當下命法司查明，果得實證，遂下詔一一除名。看官！你道這實證從何處得來？原來馮保家中，藏有廷臣饋遺錄，被查抄時一併搜出，梁、曾等姓氏駢列，所以無可抵賴，同時斥退。此外大小臣工，名列饋遺錄中，不一而足。

獨刑部尚書嚴清，與馮保毫無往來，且素不黨附居正，因得神宗器重，名曰嚴清，果足副實。乃調任為吏部尚書，代了梁夢龍遺缺。清搜討故實，辯論官材，自丞佐以下，都量能授職，無一幸進，把從前夤緣幹託的情弊，盡行掃除。可惜天不假年，在任

第七十四回　王宮人喜中生子　張宰輔身後籍家

僅閱半載，得病假歸，未幾即歿。還有薊鎮總兵戚繼光，從前由居正委任，每事輒與商權，動無掣肘，所向有功。及是居正已歿，給事中張鼎思，上言繼光不宜北方，不管人材可否，專務揣摩迎合，這等人亦屬可殺。閣臣擬旨，即命他調至廣東，繼光不免怏怏，赴粵踰年，即謝病回里，越三年乃歿。繼光與兵部尚書譚綸，都督僉事俞大猷，統為當時名將。譚綸卒於萬曆五年，俞大猷卒於萬曆末追諡「武毅」，著有《練兵實紀》，一諡「武襄」。繼光至十一年乞歸，十四年病終原籍，萬曆末追諡「武毅」，著有《練兵實紀》，一諡「武襄」。所談兵法，均關緊要，至今猶膾炙人口，奉為祕傳，這也不消絮敘。已足與史傳揚名不朽，且隨筆敘結譚、俞兩人，尤為一帶兩便。

且說馮保得罪，以後新進諸臣，又交攻居正，陸續不絕。有旨奪上柱國太師官銜，並將賜諡一併鐫去。大學士張四維，見中外積怨居正，意欲改弦易轍，收服人心，何不述馮保語，質之曰：「你的官職，從何處得來？」因上疏言事，請蕩滌煩苛，宏敷惠澤，一面請召還吳中行、趙用賢、艾穆、沉思孝、餘懋學等奏復原官。神宗頗加採納，朝政為之稍變。已而四維以父喪歸葬，服將闋而卒。朝旨贈官太師，賜諡文毅。結果比居正為勝，足為四維之幸。嗣是申時行進為首輔（申時行見前回）引薦禮部尚書許國，兼任東閣大學士。許本是時行好友，同心辦事，閣臣始沉瀣相投，不復生嫌，無如言路

一開，台官競奮，彼此爭礦鋒銳，搏擊當路，於是閣臣一幟，台官一幟，分豎明廷。嗣復為了張居正一案，鬧得不可開交，遂致朝臣水火，又惹出一種爭執的弊端。明臣好爭，統是意氣用事。

先是居正當國，曾構陷遼王憲，廢為庶人。憲系太祖十五子植七世孫，植初封衛王，尋改封遼，建文時又徙封荊州，七傳至憲，嘗希旨奉道，得世宗歡心，加封真人，敕賜金印。穆宗改元，御史陳省劾他不法，奪去真人名號及所賜金印。居正家居荊州，故隸遼王尺籍，至憲驕酗貪虐，多所凌轢，以此為居正所憾。且因憲府第壯麗，暗思攘奪，可巧巡按御史郜光，奏劾憲淫虐僭擬諸罪狀，居正遂奏遣刑部侍郎洪朝選，親往勘驗，且囑令坐以謀逆，好教他一命嗚呼。待至朝選歸京，只說他淫酗是實，謀反無據，朝旨雖廢黜憲，禁錮高牆，居正意尚未慊，密囑湖廣巡撫勞堪，上言朝選得賄，代為憲掩飾。朝選遂因此獲罪，羈死獄中。那時遼王府第，當然為居正所奪，遂了心願。至居正死後，遼府次妃王氏，運動言官，代為訟冤，追論居正構害遼王事，正在頒下部議，王妃復上書訴訟，大略言：「居正貪鄙，謀奪遼王府第，因此設計誣陷。既將遼府據去，復將所有金寶，悉數沒入他家。」神宗覽奏，即欲傳旨籍沒，但尚恐太后意旨未以為然，一時不便驟行。可巧潞王翊，將屆婚期，需用珠寶，無從採

第七十四回　王宮人喜中生子　張宰輔身後籍家

備。恐由神宗故意為此。太后召神宗入內，向他問道：「名為天府，難道這些珠寶，竟湊辦不齊麼？」神宗道：「近年以來，廷臣沒有廉恥，都把這外方貢品，私獻馮、張二家，所以天府藏珍，很是寥寥了。」太后道：「馮保家已經抄沒，想可盡輸入庫。」神宗道：「馮保狡猾，預將珍寶偷運去了，名雖查抄，所得有限。」太后慨然道：「馮保是個閹奴，原不足責，但張居正身為首輔，親受先皇遺命，乃亦這般藏私，真是人心難料呢！」太后雖明，亦為所愚。神宗複述及遼府訟冤，歸罪居正等情，太后默然。嗣是張先生張太師的稱號，宮中一律諱言，潛投江陵守令，命他速往查封，休使逃匿。守令得了此信，自然特別巴結，即召集全班人役，圍住張氏府第，自己親入府內，把他闔家人口，悉數點查，驅入一室，令衙役在室外守著。頓時反賓為主，一切服食，統須由衙役作主，可憐張氏婦女，多半畏憤，寧自絕粒，竟餓死了十數人。及張誠一到，較諸當日嚴相府中，尤覺凶橫，飭役搜查，倒篋傾箱，並沒有什麼巨寶，就是金銀財帛，也是很少，較諸當日嚴相府中，竟不及二十分之一。張誠怒道：「十年宰相，所蓄私囊，寧止此數？此必暗中隱匿，或寄存親族家內，別人或被他瞞過，我豈由他誑騙麼？」遂召居正長子禮部主事敬修，把敬修褫去衣冠，拷掠數盤獻出。敬修答言，只有此數。張誠不信，竟飭虎狼衛役，把敬修褫去衣冠，拷掠數

次；並將張氏親族，一一傳訊，硬說他有寄藏，不容剖白。敬修熬不住痛苦，尋了短見，投繯畢命。親族等無從呼籲，沒奈何各傾家產，湊出黃金一萬兩，白銀十萬兩，不是查抄，竟是搶劫。張誠方才罷手。大學士申時行得悉此狀，因與六卿大臣，聯名上疏，奏請從寬。刑部尚書潘季馴，又特奏居正母年過八旬，朝不保暮，請皇上錫類推恩，全他母命云云。乃許留空宅一所，田十頃，贍養居正母。唯盡削居正官階，奪還璽書詔命，並謫戍居正子弟，揭示罪狀。有詔云：

張居正誣衊親藩，箝制言官，蔽塞朕聰，私占廢遼宅田，假名丈量遮飾，騷動海內。跡其平日所為，無非專權亂政，罔上負恩，本當斫棺戮屍，因念效勞有年，姑免盡法。伊弟張居易，伊子張嗣修等，俱令煙瘴地面充軍，以為將來之謀國不忠者戒！

張居易曾為都指揮，張嗣修曾任編修，至是皆革職遠戍，一座巍巍然師相門第，變作水流花謝，霧散雲消，令人不堪回首呢。所謂富貴如浮雲。張誠回京覆命，御史丁此呂，又追劾侍郎高啟愚，主試題系「舜亦以命禹」五字，實係為居正勸進，不可不懲。神宗得了此疏，頒示內閣，申時行勃然道：「此呂何心，陷人大逆，我再緘默不言，朝廷尚有寧日麼？」

第七十四回　王宮人喜中生子　張宰輔身後籍家

當即疏陳此呂曖昧陷人，應加重譴等語。小子有詩詠道：

炎涼世態不勝哀，落井還防下石來。
稍有人心應代憤，好憑隻手把天回。

未知神宗曾否准奏，且看下回再表。

神宗臨幸宮人，暗育珠胎，至於太后詰問，猶不肯實言，雖系積畏之深，以致如此，然使太后處事未明，疑宮人為外遇，置諸刑典，得毋沉冤莫白，終為神宗所陷害乎？一宵恩愛，何其鍾情，至於生死之交，不出一言以相護，是可忍，孰不可忍？觀於居正死後，奪其官，籍其產，戍其子弟，且任閹豎張誠，勒索財賄，株連親族，甚至逼死居正子敬修，未聞查究。古云：「罪人不孥。」神宗習經有素，豈竟漫無所聞？況居正當國十年，亦非全無功績，前則賞過於功，後則罰甚於罪，涼薄寡恩四字，可為神宗一生定評，唯居正之得遇寵榮，為明代冠，而身後且若是，富貴功名，無非泡影，一經借鑑，而世之熱中干進者可以返矣。

第七十五回　侍母膳奉教立儲　惑妃言誓神緘約

卻說申時行上疏以後，尚書楊巍，又請將丁此呂貶斥，頓時鬧動言官，統說時行與巍，蔽塞言路。御史王植、江東之交章彈劾兩人，神宗為罷高啟愚，留丁此呂。於是申、楊兩大臣，抗疏求去。大學士餘有丁，上言殿閣大臣，關係國體，不應為一此呂，遂退申、楊。許國尤不勝憤懣，亦專疏乞休。神宗乃將此呂外調。王植、江東之始終不服，遂力推前掌院學士王錫爵，可任閣務。錫爵曾積忤居正，謝職家居（見七十三回）。至是因台官交推，重複起用，晉授禮部尚書，兼文淵閣大學士。又因日講官王家屏，敷奏誠摯，由神宗特拔，命為吏部侍郎、兼東閣大學士。兩人相繼入閣，言官只望錫爵得權，抵制時行，不防錫爵卻與時行和好，互為倚助，遂令全台御史，大失所望。

萬曆十四年正月，鄭妃生下一子，取名常洵，神宗即晉封鄭妃為貴妃。大學士申時行

第七十五回　侍母膳奉教立儲　惑妃言誓神緘約

等，以皇長子常洛，年已五歲，生母恭妃，未聞加封，乃鄭妃甫生皇子，即晉封冊，顯見得鄭妃專寵，將來定有廢長立幼的事情，遂上疏請冊立東宮。時行初意，原是不錯，疏中有云：

臣等聞早建太子，所以尊宗廟，重社稷也。自元子誕生，五年於茲矣，即今麟趾螽斯，方興未艾，正名定分，宜在於茲。祖宗朝立皇太子，英宗以二歲，孝宗以六歲，武宗以一歲，成憲具在。唯陛下以今春月吉，敕下禮部早建儲位，以慰億兆人之望，則不勝幸甚！

神宗覽疏畢，即援筆批答道：「元子嬰弱，少待二三年，冊立未遲。」批旨發下，戶科給事中姜應麟及吏部員外郎沈璟復抗疏奏道：

竊聞禮貴別嫌，事當慎始。貴妃所生陛下第三子（神宗第二子常溆，生一歲而殤），猶亞位中宮，恭妃誕育元嗣，翻令居下，揆之倫理則不順，質之人心則不安，傳之天下萬世則不正，請收回成命，先封恭妃為皇貴妃，而後及於鄭妃，則禮既不違，情亦不廢。陛下誠欲正名定分，別嫌明微，莫若俯從閣臣之請，冊立元嗣為東宮，以定天下之本，則臣民之望慰，宗社之慶具矣。

這疏一上,神宗瞧了數語,便拋擲地上,勃然道:「冊封貴妃,豈為立儲起見?科臣等怎得妄言謗朕呢!」當下特降手敕道:「鄭貴妃侍奉勤勞,特加殊封,立儲自有長幼,姜應麟疑君賣直,著降處極邊,沈璟亦降級外調,飭閣臣知之!」申時行、王錫爵等,接奉此敕,又入朝面請,擬減輕姜應麟罪名。神宗怫然道:「朕將他降處,並非為了冊封,只恨他無故推測,疑朕廢長立幼。我朝立儲,自有成憲,若以私意壞公論,朕亦不敢出此。」既不敢以私廢公,何不逕立皇長子。申時行等唯唯而出,遂謫應麟為廣昌典史,沈璟亦降級外調。既而刑部主事孫如法,又上言:「恭妃生子五年,未得晉封,鄭妃一生皇子,即冊貴妃,無怪中外動疑」云云。神宗復動惱起來,再上書請並封恭妃,鄭妃實不耐煩,復召申時行入問道:「朕意並不欲廢長立幼,何故奏議紛紛,屢來絮聒?」神宗道:「陛下立心公正,臣所深佩,現請明詔待期立儲,自當加封恭妃,此後諸臣建言,止及所司職掌,不得越俎妄瀆,那時人言自漸息了。」時行等唯唯而出,遂擬旨頒發。為了這事,言官愈加激烈,未免迎合意旨,與初意不符。神宗置諸不理,所有臣工奏疏,都擲諸敗絮中。會鄭貴妃父鄭承憲,為父請封,攻擊執政。一疏,我奏一本,統是指斥宮闈,神宗欲援中宮父永年伯王偉故例,擬封伯爵。

163

第七十五回　侍母膳奉教立儲　惑妃言誓神緘約

禮部以歷代貴妃，向無祖考封伯的故事，不便破例，乃只給墳價銀五百兩。

小子閱明朝稗史，載有鄭貴妃遺事一則：據言貴妃父承憲，家甚貧苦，曾將女許某孝廉為妾，臨別時，父女相對，不勝悲慟。某孝廉素來長厚，看這情形，大為不忍，情願卻還，不責原聘。鄭女感激萬分，脫下只履，贈與孝廉，誓圖後報。已而入宮，大得寵幸，雖是貴賤有別，終究是個側室。追懷前情，耿耿未忘。不意孝廉名字，竟致失記，只有一履尚存，特命小太監向市求售，索值若干。過了一年，無人顧問，不過都下卻傳為異聞。某孝廉得著消息，乃袖履入都，訪得小太監售履處，出履相證，備言前事，果然湊合。小太監遂問明姓氏，留住寓中，立刻報知鄭貴妃。貴妃泣訴神宗，遂令小太監通知某孝廉，令他謁選，即拔為縣令，不數年任至鹽運使。這也是一種軼聞，小子隨筆錄述，作為看官趣談，此外無庸細敘。

並云：「妾非某孝廉，哪得服侍陛下？」算是知恩報恩。神宗為之動容，

單說鄭貴妃既身膺殊寵，又生了一個麟兒，意中所望，無非是子得立儲，他日可做太后，便與李太后的境遇相同。有時宮闈侍宴，及枕蓆言歡，免不得要求神宗，請立己子常洵為太子。這也是婦人常態。神宗恩愛纏綿，不敢忤逆貴妃，用「不敢忤逆」四字

164

甚妙。自然含糊答應。到出了西宮，又想到廢長立幼，終違公例，因此左右為難，只好將立儲一事，暫行擱起。偏偏禮科都給事王三餘，御史何倬、鍾化民、王慎德，又接連奏請立儲。還有山西道御史除登雲，更劾及鄭宗憲驕橫罪狀。神宗看了這種奏摺，只瞧到兩三行，便已拋去，一字兒不加批答。獨李太后聞了這事，不以為然。一日，值神宗侍膳，太后問道：「朝廷屢請立儲，你為什麼不立皇長子？」神宗道：「他是個都人子，不便冊立。」太后怒道：「你難道不是都人子麼？」說畢，投箸欲起。神宗慌忙跪伏，直至太后怒氣漸平，方才起立。原來內廷當日，統呼宮人為都人，李太后亦由宮人得寵，因有是言。神宗出了慈寧宮，轉入坤寧宮，與王皇后談及立儲事，王皇后亦為婉勸。后性端淑，善事兩宮太后，就是鄭貴妃寵冠後宮，后亦絕不與較。所以神宗對於皇后，仍沒有纖芥微嫌。此次皇后援經相勸，神宗亦頗為感動。

待至萬曆十八年正月，皇長子年已九歲，神宗親御毓德宮，召見申時行、許國、王錫爵、王家屏等，商議立儲事宜。申時行等自然援立嫡以長四字，敷奏帝前。神宗道：「朕無嫡子，長幼自有次序，朕豈有不知之理？但長子猶弱，是以稍遲。」時行等叩首而退，甫出宮門，忽有司禮監追止道：「皇上已飭宣皇子入宮，與先生們一見。」時行等乃再返入宮道：「元子年已九齡，豢養豫教，正在今日。」神宗點頭稱善。時行等復請

165

第七十五回　侍母膳奉教立儲　惑妃言誓神緘約

皇長子皇三子次第到來，神宗召過皇長子，在御榻右面，嚮明正立，並問時行等道：「卿等看此子狀貌如何？」時行等仰瞻片刻，齊聲奏道：「皇長子龍姿鳳表，岐嶷非凡，仰見皇上仁足昌後呢。」神宗欣然道：「這是祖宗德澤，聖母恩庇，朕何敢當此言？」時行道：「皇長子春秋漸長，理應讀書。」王錫爵亦道：「皇上前正位東宮，時方六齡，即已讀書，皇長子讀書已晚呢。」神宗道：「朕五歲便能讀書。」說著時，復指皇三子道：「是兒亦五歲了，尚不能離乳母？」乃手引皇長子至膝前，撫摩嘆惜。時行等方才告退。道：「有此美玉，何不早加思索，畀他成器？」神宗道：「朕知道了。」時行等復叩頭奏誰料這事為鄭貴妃所悉，一寸芳心，忍不住許多颦皺。用元詞二句甚妙。遂對了神宗，做出許多含嗔撒嬌的狀態，弄得神宗無可奈何，只好低首下心，求她息怒。剛為柔克，古今同慨。貴妃即乘勢要挾，偕神宗同至大高元殿，祗謁神明，設了密誓，約定將來必立常洵為太子。又由神宗親筆，載明誓言，緘封玉盒中，授與貴妃。彷彿唐明皇之對於楊妃。自此貴妃方變嗔為喜，益發竭力趨承。神宗已入情魔，鎮日裡居住西宮，沉湎酒色，於是罷日講，免升授官面謝，每至日高三丈，大臣俱已待朝，並不見神宗出來；或竟遣中官傳旨，說是聖體違和，著即免朝。今日破例，明日援行，甚且舉郊祀廟享的禮儀，俱遣官員恭代，不願親行。女蠱之深，一至於此。大理評事雒於仁，疏上酒

色財氣四箴，直攻帝失，其詞略云：

臣備官歲餘，僅朝見陛下者三，此外唯聞聖體違和，一切傳免，郊祀廟享，遣官代行，政事不親，講筵久輟，臣知陛下之疾，所以致之者有由也。臣聞嗜酒則腐腸，戀色則伐性，貪財則喪志，尚氣則戕生。陛下八珍在御，觴酌是耽，卜晝不足，繼以長夜，此其病在嗜酒也。寵十俊以啟幸門（時有十小閹被寵，謂之十俊），溺鄭妃靡言不聽，忠謀擯斥，儲位久虛，此其病在戀色也。傳索帑金，括取幣帛，甚且掠問宦官，有獻則已，無則譴怒，此其病在貪財也。今日搒宮女，明日搒中官，罪狀未明，立斃杖下，又宿怨藏怒於直臣，如姜應麟、孫如法輩，一詘不申，賜環無日，此其病在尚氣也。四者之病，膠繞身心，豈藥石所能治？故臣敢以四箴獻陛下。肯用臣言，即立誅臣身，臣雖死猶生矣。

神宗覽疏大怒，幾欲立殺於仁，還是申時行代為解免，才將他削職為民。後來吏部尚書宋、禮部尚書於慎行等，率群臣合請立儲，俱奉旨嚴斥，一律奪俸。大學士王錫爵、素性剛直，嘗與申時行言及，以彼此同為輔臣，總須竭誠報上，儲君一日未建，國本即一日未定，擬聯合閣部諸大臣，再行力奏云云。時行以曾奉上旨，稍延一二年，自當決議，此時不如暫行從緩。錫爵乃勉強容忍，既而耐不過去，特疏請豫教元子，並錄

167

第七十五回　侍母膳奉教立儲　惑妃言誓神緘約

用言官姜應麟等，說得非常懇切。誰知奏牘上陳，留中不報。錫爵索性申請建儲，仍不見答。自知言終不用，乃以母老乞休，竟得准奏歸林。神宗只知有妾，錫爵不能無母。未幾，申時行等再疏請立東宮，得旨於二十年春舉行。到了十九年冬季，工部主事張有德，請預備建儲儀注，為帝所斥，奪俸示罰。適時行因病乞假，許國與王家屏語道：「小臣尚留心國本，力請建儲，難道我輩身為大臣，可獨無一言麼？」遂倉卒具疏，不待與時行商及，即將他名銜首列。神宗以有旨在前，不便反汗，似乎有准請立儲的意思。看官！你想這鄭貴妃寵冠六宮，所有內外政務，哪一件不得知曉！當下攜著玉盒，跪伏神宗座旁，嗚嗚咽咽的哭將起來。但說是「生兒常洵，年小沒福，情願讓位元子，把從前誓約，就此取消。」神宗明知她是有心刁難，怎奈神前密誓，口血未乾，況看她一種淚容，彷彿似帶雨海棠，欺風楊柳，就使鐵石心腸，也要被她熔化。隨即親扶玉手，令她起立，一面代為拭淚，一面好言勸慰，委委婉婉的說了一番，決意遵著前誓。於是不從閣議。可巧申時行上呈密揭，略言臣在假期，同官疏列臣名，臣實未知等語。故事閣臣密揭，神宗順風使帆，竟將許國等原疏，及時行密揭，一併頒發出來。給事中羅大紘，奮上彈章，疏陳時行迎合上意，希圖固寵，陽附廷臣請立之議，陰為自處宮掖之謀。中書舍人

黃正賓，亦抗疏痛詆時行，有旨削大紘籍，廷杖正賓，亦革職為民。許國、王家屏又有「臣等所言，不蒙採擇，願賜罷職」等語，神宗因他跡近要挾，竟下旨斥責許國，說他身為大臣，不應與小臣為黨，勒令免官。許國一去，輿論更不直時行。時行不得已求請解職，神宗一再慰留，到了時行三次乞歸，並薦趙志皋、張位等自代，才邀神宗允准。時行之屢疏乞休，還算知恥。時行去後，即以趙志皋為禮部尚書，張位為吏部侍郎，並兼東閣大學士，參預機務。

至萬曆二十年，禮科給事中李獻可，以宮廷並無建儲消息，特請豫教元子，不意忙中有錯，疏中誤書弘治年號，竟被神宗察出，批斥獻可違旨侮君，貶職外調。王家屏封還御批，具揭申救，大忤帝意。六科給事中孟養浩等，各上疏營救，神宗命錦衣衛杖孟百下，革去官職，此外一概黜退。王家屏知不可為，引疾歸田。吏部郎中顧憲成、章嘉楨等，上言家屏忠愛，不應廢置。神宗又恨他多言，奪憲成官，謫嘉楨為羅定州州判。憲成無錫人，里中舊有東林書院，為宋楊時講道處，憲成曾與弟允成，發起修築，至被譴歸里，即偕同志高攀龍、錢一本、薛敷教、史孟麟、於孔兼等，就院講學，海內聞風景附，往往諷議時政，裁量人物。朝士亦慕他清議，遙為應和，後來遂稱為東林黨，與大明一代江山，淪胥同盡。小子有詩嘆道：

第七十五回　侍母膳奉教立儲　惑妃言誓神緘約

盛世寧無籲咈時，盈廷交閧總非宜。

才知王道泯偏黨，清議紛滋世愈衰。

內本未定，外變叢生，欲知當日外情，請至下回再閱。

立嫡，古禮也。無嫡則立長，此亦禮制之常經。神宗溺於鄭貴妃，乃欲捨長立幼，廷臣爭之，韙矣，但必謂儲位一定，即有以固國本，亦未必盡然。兄摯廢而弟堯立，後世嘗頌堯為聖人，不聞其有背兄之惡玷。然則擇賢而嗣，利社稷而奠人民，尤為善策，寧必拘拘於立長耶？唯典學親師，最關重大，士庶人之子，未有年逾幼學而尚未就傅者，況皇子耶？廷臣爭請立儲，甚至豫教元子之請，亦遭駁斥，神宗固不為無失，而大臣之不善調護，徒爭意氣，亦未始不足疵也。至於東林講學，朝野景從，處士橫議，黨禍旋興，漢、唐末造，類中此弊，明豈獨能免禍乎。

170

第七十六回 據鎮城繼氏倡亂　用說客叛黨駢誅

卻說韃靼部酋俺答，自受封順義王後，累年通使，貢問不絕。萬曆九年，俺答病歿，朝旨賜祭七壇，採幣十二雙，布百匹，三娘子率子黃台吉上表稱謝，並貢名馬。黃台吉系俺答長子，年已漸老，不喜弄兵，且迷信佛教，聽從番僧，禁止殺掠，因此西北塞外，相安無事。先是王崇古、方逢時次第督邊，亦次第卸職，繼任總督，叫做吳兌。兌頗駕馭有方，各部相率畏服，貢市無失期。三娘子尤心慕華風，隨時款塞，嘗至總督府謁兌。兌視若兒女，情甚親暱。有時三娘子函索金珠翠鈿，兌必隨市給與，借敦睦誼。或各部稍稍梗化，三娘子總預先報聞，兌得籌備不懈。黃台吉襲封順義王，改名乞慶哈，也恭順無忒，奉命唯謹。唯黃台吉素性漁色，先配五蘭比妓，後經西僧慾惠，納婦一百八人，取象數珠。多妻若此，安得不病？怎奈百餘番婦，姿色多是平常，沒一個

第七十六回　據鎮城繼氏倡亂　用說客叛黨駢誅

比得三娘子。黃台吉暗暗垂涎，欲據三娘子為妻。三娘子嫌他老病，不肯遷就，意將率屬他徒，我朝封這黃台吉，有何用處？」乃遣使往說三娘子道：「汝不妨歸王，天朝當封汝為夫人。汝若他去，不過一個尋常婦人，有什麼顯榮呢？」子收父妾，胡俗固然，但不應出諸中國大員之口。三娘子為利害所逼，乃順了黃台吉的意思，與他成為夫婦。兩口兒和好度日，倏忽間已是四年。誰料黃台吉得病又亡，三娘子仍作哀慼。那時黃台吉子扯力克，應分襲位，倒是一個翩翩公子，氣宇軒昂，其時把漢那吉已死，遺妻大成比妓，為扯力克所納。三娘子曾生一兒，名叫不他失禮，本欲收比妓為妻，偏偏被扯力克奪去，心中很是不悅，連三娘子也有怨詞。鄭洛聞報，又欲替他調停，先遣人往說三娘子，勸她下嫁扯力克，三娘子頗也樂從，前時少婦配老夫，尚且肯允，至此老婦配少夫，自然特別樂從。只要扯力克盡逐諸妾，方肯應命。洛乃復傳諭扯力克道：「娘子三世歸順，汝能與娘子結婚，仍使你襲封，否則當別封他人了。」扯力克欣然應諾，且願依三娘子規約，把所有姬妾，一併斥還，竟整了冠服，備齊輿馬，親到三娘子帳中，成合婚禮。三娘子華年雖暮，色態如前，眉嫵風流，差幸新來張敞，脂香美滿，何期晚遇韓郎，諧成了歡喜緣，完結了相思債。曾感念冰人鄭總督否？鄭洛為她請

172

封,得旨封三娘子為忠順夫人,扯力克襲封如舊。三娘子歷配三主,累操兵柄,常為中國保邊守塞,始終不衰。山、陝一帶諸邊境,商民安堵,雞犬無驚。

哪知到了嘉靖二十年,寧夏地方,竟出了一個繼拜,叩關入降,隸守備鄭印麾下,屢立戰功,得任都指揮。未幾以副總兵致仕,子承恩襲職。承恩初生時,繼拜夢空中天裂,墮一妖物,狀貌似虎,奔入妻寢。他正欲拔劍除妖,不意呱呱一聲,驚醒睡夢,起床入視,已產一男。他也不知是凶是吉,只好撫養起來,取名承恩。至繼拜告老,承恩漸長,狼狀梟形,番人本多獷悍,繼拜視為常事,反以他猙獰可畏,非常鍾愛。承恩襲為都指揮,繼拜時雖洮河以西,適有寇警,巡邊御史周弘禴,舉承恩及指揮土文秀,奉總督鄭洛檄文,調遣土文秀西援,並繼拜義子繼雲等,率兵往征,正擬指日出發,會值巡撫黨馨,奉言報國,至是聞文秀被調,不禁嗟嘆道:「文秀雖經戰陣,難道能獨當一面麼?」遂親詣鄭洛轅門,陳明來意,並願以所部三千人,與子承恩從征。洛極力嘉獎,樂從拜請。

於是文秀、承恩,陸續啟行。偏這巡撫黨馨,恨他自薦,只給承恩贏馬。承恩快快

第七十六回　據鎮城繼氏倡亂　用說客叛黨駢誅

就道，到了金城，寇騎辟易，追殺數百人。奏凱歸來，取道塞外，見諸鎮兵皆懦弱無用，遂藐視中外，漸益驕橫。馨不以為功，反欲按名核糧，吹毛索瘢，嗣聞承恩娶民女為妾，遂責他違律誘婚，加杖二十。明是有意激變。看官！試想承恩驕戾性成，哪肯受這般委屈？就是他老子繼拜，亦覺自損臉面，怨望得很。還有土文秀、繼雲兩人，例應因功升授，偏也由馨中阻，未得償願。數人毒氣，遂齊向巡撫署中噴去。冤冤相湊，繼拜微笑卒衣糧，久欠勿給，軍鋒劉東暘，心甚不平，往謁繼拜，迭訴黨馨虐待情形。道：「汝等亦太無能為，怪不得被他侮弄。」兩語夠了。東暘聞言，奮然徑去，遂糾合約志許朝等，借白事為名，哄入帥府，總兵張維忠，素乏威望，見眾擁入，嚇得手足無措。東暘等各出白刃，脅執副使石繼芳，擁入軍門。黨馨聞變，急逃匿水洞中。只有此膽，何故妄行。旋被東暘等覓得，牽至書院，歷數罪狀，把他殺死。石繼芳亦身首兩分。遂縱火焚公署，收符印，釋罪囚，大掠城中；硬迫張維忠，以侵糧激變報聞。維忠不堪受迫，自縊而亡。死得無名。

東暘遂自稱總兵，奉繼拜為謀主，承恩、許朝為左右副將，繼雲、文秀為左右參將，當下分道四出，陷玉泉營及廣武，連破漢西四十七堡。唯文秀進圍平鹵，守將蕭如薰，率兵登陣，誓死固守。如薰妻楊氏，系總督楊兆女，語如薰道：「汝為忠臣，妾何

174

難為忠臣婦。」可入女誡。遂盡出簪珥，慰勞軍士妻女，由楊氏親自帶領，作為一隊娘子軍，助兵守城。文秀攻圍數月，竟不能下。東暘復分兵過河，欲取靈州，且誘河套各部，願割花馬池一帶，聽他駐牧，勢甚猖獗。總督尚書魏學曾，飛檄副總兵李昫，權署總兵，統師進剿。昫遣游擊吳顯、趙武、張奇等，轉戰而西，所有漢西四十七堡，次第克復。唯寧夏鎮城，尚為賊據。河套部酋著力兔，帶領番兵三千騎，來援東暘，進屯演武場。東暘益掠城中子女，饋獻套部，套人大悅，揚言與繼王子已為一家，差不多有休戚與共的情形。昫遣雲引著力兔再攻平鹵，蕭如薰伏兵南關，佯率羸卒出城，挑戰誘敵。繼雲仗著銳氣，當先馳殺，如薰且戰且行，繞城南奔，看看南關將近，一聲號炮，伏兵盡發，將繼雲困在垓心，四面注射強弩，霎時間將繼雲射死。著力兔尚在後隊，聞前軍被圍，情知中計，遂麾眾北走，出塞遁去。利則相親，害則相舍，外人之不足恃也如此。朝旨特擢蕭如薰為總兵，調麻貴為副總兵，進攻寧夏，並賜魏學曾尚方劍，督軍恢復，便宜行事。

御史梅國楨，保薦李成梁子如松，忠勇可任，乃命如松總寧夏兵，即以國楨為監軍。會寧夏巡撫朱正色，甘肅巡撫葉夢熊，均先後到軍，並逼城下。學曾與夢熊定計，毀決黃河大壩，用水灌城。內外水深約數尺，城中大懼，由許朝縋城潛出，徑謁學曾，

第七十六回　據鎮城繼氏倡亂　用說客叛黨駢誅

願悔罪請降，學曾令還殺繼拜父子，方許贖罪。許朝去後，杳無音信，忽聞套部莊禿賴及卜失兔，糾合部落三萬人，入犯定邊小鹽地，別遣萬騎從花馬池西沙湃口，銜枚疾入，為繼拜聲援。那時如松飛報學曾，學曾才知他詐降緩兵，亟遣副總兵麻貴等，馳往迎剿，方將套眾擊退。既而著力兔復率眾萬餘，入李剛堡，如松等復分兵邀擊，連敗套眾，追奔至賀蘭山，套眾盡遁。官軍捕斬百二十級，懸諸竿首，徇示寧夏城下，守賊為之奪氣。獨監軍梅國楨，與學曾未協，竟劾他玩寇誤兵，遂致逮問，由葉夢熊代為督師。夢熊下令軍中，先登者賞萬金，嗣是人人思奮，勉圖效力。過了五日，水浸北關，城崩數丈，承恩、許朝等忙趨北關督守。李如松、蕭如薰潛領銳卒掩南關，總兵牛秉忠，年已七十，奮勇先登。梅國楨大呼道：「老將軍且先登城，諸君如何退怯？」言甫畢，但見各將校一麾齊上，肉薄登城，南關遂下。承恩等惶急非常，急遣部下張傑，縋城出見，求貸一死。夢熊佯為允諾，仍然大治攻具。監軍梅國楨，日夕巡邏，嚴行稽察。一日將晚，正在市中巡行，忽有歌聲一片，洋洋入耳。其詞道：

癰不決，毒長流。巢不覆，梟常留。兵戈未已我心憂，我心憂兮且賣油。

國楨聽著，不禁詫異起來，便諭軍士道：「何人唱歌，快與我拘住！」軍士奉命而

176

去。未幾即拿到一人，國楨見他狀貌非凡，便問他姓氏職業。那人答道：「小人姓李名登，因業儒不成，轉而習賈。目今兵戈擾攘，無商可販，只好沿街賣油，隨便餬口。」此子頗似伍子胥。國楨道：「你所唱的歌詞，是何人教你的？」李登道：「是小人隨口編成的。」國楨暗暗點頭，復語道：「我有一項差遣，你可為我辦得到麼？」李登道：「總教小人會幹，無不效力。」國楨乃親與解縛，賜他酒食，授以密計，並付札子三道，登受命馳去，縛木渡東門，入見承恩道：「繼氏曾有安塞功，監軍不忍駢誅，特令登齎呈密札，給與將軍。將軍如聽登言，速殺劉、許自贖，否則請即殺登。」斬釘截鐵，足動悍番之心。承恩沉吟半响，旋即許諾。登趨而出，又從間道詣劉、許營，亦各付密札道：「將軍本系漢將，何故從繼氏作亂，甘心嬰禍？試思鎮卒幾何，能當大軍？將軍所恃，不過套援，今套部又已被逐，區區杯水，怎救車薪？為將軍計，速除繼氏，自首大營，不特前愆可免，且有功足賞哩。」與劉、許言又另具一種口吻，李登洵不愧說客。劉、許二人亦覺心動，與登定約，登遂回營報命。

國楨仍督兵攻城，猛撲不已。未幾，得東暘密報，土文秀已被殺死了，又未幾，城上竟懸出首級三顆，一個是土文秀頭顱，兩個便是劉東暘、許朝首領。原來東暘既誘殺文秀，承恩知他有變，遂與部黨周國柱商議。國柱與許朝曾奪一鎮民郭坤遺妾，兩不相

177

第七十六回　據鎮城繼氏倡亂　用說客叛黨駢誅

讓，遂生嫌隙。又為一婦人啟釁。至是與承恩定計，託詞密商軍務，誘劉、許兩人登樓，先斬許朝。東暘逃入廁房，被國柱破戶搜出，一刀兩段，於是懸首城上，斂兵乞降。李如松、蕭如薰等遂陸續登城，揭示安民，並搜獲寧夏巡撫關防，及征西將軍印各一顆。繼拜尚擁蒼頭軍，安住家中，總督葉夢熊方去靈州，聞大城已下，亟遣將校齎諭入城，大旨以詰旦不滅繼氏，應試尚方劍。時承恩正馳至南門，謁見監軍梅國楨，為參將楊文所拘，李如松即提兵圍繼拜家。拜知不能免，閉戶自縊，家中放起一把無名火來，連人連屋，盡行毀去。參將李如樟，望見火起，忙率兵斬門而入，部卒何世恩，從火中梟繼拜首，生擒拜次子承寵，養子繼洪大，及餘黨土文德、何應時、陳雷、白鸞、陳繼武等眾。

總督葉夢熊，巡撫朱正色，御史梅國楨，先後入城，安撫百姓，一面慰問慶王世子帥鋅。帥鋅系太祖十六子栴七世孫，曾就封寧夏，繼拜作亂，曾向王邸中索取金帛，值慶王伸域薨逝，世子帥鋅，尚在守制，未曾襲封，母妃方氏，挈世子避匿窖中，既而懼辱自裁，所有宮女玉帛，悉被掠去。至夢熊等入府宣慰，帥鋅方得保全。當下馳書奏捷，並將一切縛住人犯，押獻京師。神宗御門受俘，立磔繼承恩、繼承寵、繼洪大等，頒詔令慶王世子帥鋅襲封。王妃方氏，建祠旌表。不沒貞節。給銀一萬五千兩，分賑諸

178

宗人，大賞寧夏功臣。葉夢熊、朱正色、梅國楨各蔭世官。武臣以李如松為首功，特加宮保銜，蕭如薰以下，俱升官有差。如薰妻楊氏，協守平虜，制勑旌賞。魏學曾亦給還原官，致仕回籍。其餘死事諸將卒，亦各得撫卹。寧夏復平，哪知一波才靜，一波隨興，東方的朝鮮國，復遭倭寇蹂躪，朝鮮王李昖火急乞援，免不得勞師東出，又有一場交戰的事情。正是：

西陲才報承平日，東國又聞搶攘時。

欲知中外交戰情形，待小子下回再表。

寧夏之變，倡亂者為繼拜，而劉東暘、許朝等，皆緣繼拜一言而起，是繼拜實為禍首，劉、許其次焉者也。本回敘寧夏亂事，以繼拜為主，固有特識，而黨馨之激變以及蕭如薰夫婦之效忠，備載無遺，有惡必貶，有善必彰，史家書法，例應如是。李登一賣油徒，乃得梅國楨之重任，令其往說叛寇，兩處行間，互相殘噬，羽翼已殲，繼拜僅一釜底遊魂，欲免於死得乎？然則寧夏敉平，當推李登為首功，而明廷酬庸之典，第及將帥，於李登無聞，武夫攘功，英雄埋沒，竊不禁為之長慨矣！

第七十六回　據鎮城繼氏倡亂　用說客叛黨駢誅

第七十七回 救藩封猛攻平壤　破和議再戰島山

卻說朝鮮在中國東方，舊號高麗，明太祖時，李成桂為朝鮮國主，通好中朝，太祖授印封王，世為藩屬。唯朝鮮與日本，只隔一海峽，向與倭人往來互市，交通頗繁。到了神宗時代，日本出了一個平秀吉（外史作豐臣秀吉），統一國境，遣使至朝鮮，迫他朝貢，且嚇使攻明，令為前導。國王李昖，當然拒絕。這平秀吉履歷，當初是為人奴僕，嗣隨倭關白（倭國官名，猶言丞相）信長代為畫策，占領二十餘州。會信長為參謀阿奇支所殺，秀吉統兵復仇，遂自號關白，劫降六十餘州。因朝鮮不肯從命，竟分遣行長清正等，率舟師數百艘，從對馬島出發，直逼釜山。朝鮮久不被兵，國王李昖，又荒耽酒色，沉湎不治，一聞倭兵到來，大家不知所為，只好望風奔潰。倭兵進一步，朝鮮兵退一步，李昖料不能支，但留次子琿權攝國事，自己棄了王城，逃至平壤。未幾又東

181

第七十七回　救藩封猛攻平壤　破和議再戰島山

走義州。倭兵陷入王京，劫王子陪臣，毀墳墓，掠府庫，四出略地。所有京畿、江原、黃海、全羅、慶尚、忠清、咸鏡、平安八道，幾盡被倭兵占去。李昖急得沒法，揚言大兵且至，接連嚮明廷乞援。廷議以朝鮮屬國，勢所必救，急遣行人薛潘，馳諭李昖，令他無畏等語。此亦列國中晉使解揚無降楚之虛言。李昖信以為真，待了數日，只有游擊隊一二千人，由史儒等帶領到來，惘惘的進抵平壤。天適霖雨，誤陷伏中，倉猝交綏，史儒敗死。副總兵祖承訓統兵三千，渡鴨綠江，擬為後應，不防倭兵乘勝東來，銳不可當，承訓忙策馬回奔，還算天大僥倖，保全了一條生命。涉筆成趣。

明廷聞報，相率震懼，醜。乃詔兵部右侍郎宋應昌，經略軍務，出兵防倭。倭人仗著銳氣，徑入豐德等郡。明兵稍稍四集，倭行長清正等，狡黠得很，倭人狡黠，由來已久。遣使至軍前，詭說不敢與中國抗衡，情願易戰為和。此時兵部尚書石星，向來膽怯，聞有求和的消息，忙募一能言善辯的說客，遣往倭營。可巧有一嘉興人沈維敬，素行無賴，他竟不管好歹，遽爾應募。石星大喜，遂遣往平壤，與倭行長相見。行長執禮甚恭，且語維敬道：「天朝幸按兵不動，我軍亦不久當還，此後當以大同江為界，平壤以西，盡歸朝鮮，絕不占據。」滿口誑言，這是倭人慣技。維敬即馳還奏聞，還是有幾個老成練達的大臣，說是倭人多詐，不可輕信，於是促應昌等，只管進兵。偏石星惑維

182

敬言，以為緩急可恃，命他暫署游擊，參贊軍謀。

宋應昌抵山海關，徵調人馬，一時難集，朝旨又特遣李如松為東征提督，與弟如柏、如梅等，鼓行而東，與應昌會師遼陽。沈維敬入見如松，複述倭行長言，如松怒叱道：「你敢擅通倭人麼？」旁顧左右，擬將他推出斬首。參謀李應試，力言不可，如松密語如松道：「陽遣維敬通款，陰出奇兵襲敵，這就是明修棧道，暗渡陳倉的計策。」如松不待說畢，便稱好計，往語應昌。應昌亦一力贊成，乃留置維敬，一面誓師東渡。水天一色，風日俱清，倒映層嵐，雲帆繞翠。大眾擊楫渡江，差不多有乘風破浪的情勢。烘染有致。監軍劉黃裳慷慨宣言道：「今日此行，願大家努力，這便是封侯機會呢。」太覺躊躇滿志。

先是沈維敬三入平壤，約以萬曆二十一年新春，由李提督齎封典到肅寧館。是時大軍到肅寧，倭行長疑為封使，遣牙將二十人來迎。如松飭游擊李寧生縛住來使，不料遣來的牙將，也曾防變，個個拔刀格鬥，一場奮殺，逃去了十七名，只有三人擒住。倭行長方佇風月樓，得知此信，急忙登陴拒守。如松到了平壤，相度形勢，但見東南臨江，西北枕山陡立，迤北有牡丹台，勢更險峻。倭人列炮以待，如松料知厲害，先遣南兵往

第七十七回　救藩封猛攻平壤　破和議再戰島山

薄，果然炮火迭發，所當皆靡。如松麾南兵暫退，權在城外立營。到了夜間，倭兵來襲營盤，虧得如松預先防備，令如柏出兵迎擊，一陣殺退。如松默默的籌思一番，翌日黎明，令游擊吳唯忠，帶兵攻牡丹峰，餘將分隊圍城，獨缺西南一角。如柏入問如松道：「西南要害，奈何不攻？」如松笑道：「我自有計。」如柏退後，如松即召副總兵祖承訓至帳前，密囑數語，承訓自去。又越一宿，如松親率各將，一鼓攻城，那時牡丹台上的炮火，與平壤城頭的強弩，彷彿似急雨一般，注射過來。各將校不免卻步。如鬆手執佩劍，把先退的兵士，斬了五六名，大眾方冒死前進，逼至城腳，取出預備的鉤梯盤索，猱升而上。倭兵煞是厲害，各在城上死力撐拒，城內外積屍如山，尚是相持不下。忽然平壤城的西南隅，有明軍蜂擁登城，嚇得倭兵措手不迭，急忙分兵堵禦，如松見倭兵紛亂，料知西南得手，遂督眾將登小西門。如柏等亦從大西門殺入，火藥並發，毒焰蔽空，這時候的吳唯忠，正猛攻牡丹峰，一彈飛來，洞穿胸臆，尚自奮呼督戰，倭兵愈進。好容易占住牡丹台。如松入城時，在煙焰中指揮往來，坐騎被炮，再易良馬，麾兵愈進。倭兵始不能支，棄城東逸，紛紛渡大同江，遁還龍山去了。逐層寫來，見得倭人實是勁敵。

這次鏖戰，還虧祖承訓預受密計，潛襲西南隅，方能將倭兵殺退，奪還平壤。原來如松知倭寇素輕朝鮮，特令承訓所部，盡易朝鮮民服，裹甲在內，繞出西南，潛行攻

184

城。倭兵並不措意,等到承訓登城,卸裝露甲,倭兵才知中計,慌忙抵拒,已是不及。明軍斬得倭寇頭顱,共得一千二百八十餘級。燒死的、溺死的及跳城斃命的,尚不勝數。裨將李寧、查大受等率精兵三千,潛伏江東僻路,又斬倭首三百餘。李如柏進復開城,也得倭首數百級。嗣是黃海、平安、京畿、江原四道,依次克復。

如松既連勝倭人,漸漸輕敵,趾高氣揚。忽有朝鮮流兵,報稱倭兵已棄王京,如松大喜,自率輕騎,趨碧蹄館,檢視虛實。那碧蹄館在朝鮮城西,去王京只三十里,如松方馳至大石橋,隱約望見碧蹄館,不防撲蹄一聲,坐馬忽倒,連人連鞍,墮於馬下,如松的右額撞在石上,血流不止,險些兒昏暈過去。從行將士忙上前扶掖,猛聽得一聲唿哨,四面八方,統有倭兵到來,把如松麾下一隊人馬,團團圍住,繞至數匝,幸喜隨征諸將,均是驍悍善戰,左支右擋,捨命相爭,也要用盡了,兀自援兵未至,危急非常。倭兵隊中,有一金甲酋,掄刀拍馬,前來擊取如松。裨將李有升,亟挺身保護,舞起大刀,連刃數倭。誰料倭兵潛躡背後,伸過鐵鐃鉤,把有升從馬上鉤落,一陣亂剁,身如肉泥。虧得如柏、如梅,先後馳至,殺入垓心,金甲酋復來攔截,被如梅覷得親切,只一箭射倒了他,結果性命。是償李有升的命。未幾,又到楊元援

第七十七回　救藩封猛攻平壤　破和議再戰島山

軍，協力衝殺，倭兵乃潰。

其時大雨滂沱，平地悉成澤國，騎不得騁，步不能行，明軍又經了這番挫折，傷亡無數，不得已退駐開城。既而偵得倭將平秀嘉，屯兵龍山，積粟數十萬。如松夜募死士，縱火焚糧，倭乃乏食。但兵經新敗，未敢進逼，頓師絕域，漸覺氣阻。宋應昌急欲了事，復提及沈維敬的原約，倭人因芻糧並燼，亦願修和。應昌乃據實奏聞，明廷准奏，遂由應昌派遣游擊源弘謨，往諭倭將，令獻朝鮮王子，並歸還王京。雙方如約，縱他還國。倭將果棄了王京，退兵釜山。如松與應昌入城，檢查倉粟，尚有四萬餘石，芻豆大略相等。安撫粗定，意欲乘倭退歸，待勢尾追。偏倭人曉明兵法，步步為營，無懈可擊。祖承訓、查大受及別將劉等，追了一程，知難而退。兵部尚書石星，力主款議，諭朝鮮國王還都王京，留劉屯守，飭如松班師。倭人從釜山移西生浦，送回王子陪臣等。宋應昌遂上書乞歸，朝命顧養謙代為經略，更飭沈維敬出赴倭營，促上謝表。倭遣使小西飛入朝，定封貢議。神宗命九卿科道，會議封貢事宜，御史楊紹程獨抗疏力爭，略云：

臣考之太祖時，屢卻倭貢，慮至深遠。永樂間或一朝貢，漸不如約，自是稔窺內地，頻入寇掠，至嘉靖晚年，而東土受禍更烈，豈非封貢為屬階耶？今關白謬為恭謹，

186

奉表請封之後，我能閉關拒絕乎？中國之釁，必自此始矣。且關白弒主篡國，正天討之所必加，彼國之人，方欲食其肉而寢處其皮，特劫於威而未敢動耳。我中國以禮義統馭百蠻，恐未見得。而顧令此篡逆之輩，叨天朝之名號耶？為今計，不若飭朝鮮練兵以守之，我兵撤還境上以待之，關白可計日而敗也。封貢事萬不宜行，務乞停議！

這疏上後，禮部郎中何喬遠，科道趙完璧、王德完、逯中立、徐觀瀾、顧龍、陳維芝、唐一鵬等，交章止封。還有薊、遼都御史韓取善，亦奏稱倭情未定，請罷封貢。獨兵部尚書石星，始終主款。經略顧養謙，亦希承石星意旨，擬封關白平秀吉為日本國王，借弭邊釁。嗣因廷議未決，養謙竟薦侍郎孫自代，託疾引歸。倒是個大滑頭。倭使小西飛入關，廷臣多半漠視，唯石星優禮相待，視若王公。廷臣過卑，皆非外交之道。譯官與他議約，要求三事：一勒令倭眾歸國；二授封不必與貢；三令宣示毋犯朝鮮。小西飛一一允從。三條約款，倭使悉允，明廷尚是上風，可惜後來變卦。乃命臨淮侯李宗城充正使，都指揮楊方亨為副，與沈維敬同往日本。宗城等奉命觀望，遷延不進。直至萬曆二十四年，方相偕抵釜山。沈維敬託詞偵探，先行渡海，私奉秀吉蟒袍玉帶，及地圖武經，又取壯馬三百，作為饋禮；自娶倭人阿里馬女，居然在日本境內，宜室宜家。真是可殺。還有李宗城貪色好財，沿途索貨無厭，進次對馬島。島官儀智特

第七十七回　救藩封猛攻平壤　破和議再戰島山

別歡迎，夜飭美女二三人，更番納入行轅。宗城翻手作雲，覆手作雨，鎮日裡恣意歡娛，竟把所任職務，擱起不提。如此蠢奴，奈何充作專使？儀智且屢招入宴，席間令妻室出見，宗城瞧著，貌可傾城，適有三分酒意，身不自持，竟去牽她衣袖，欲把她摟抱過來。看官試想！儀智妻系行長女，比不得營業賤妓，當即拂袖徑去。儀智也不覺怒意陡生，下令逐客。得保首領，尚是萬幸。宗城踉蹌趨出，有倭卒隨後追來，意圖行刺，急得宗城落荒亂跑，情急失道，辨不出東西南北；且因璽書失去，料難覆命，一時沒法，只好身入樹間，解帶自縊。偏是命不該絕，由隨卒覓到，將他救活，導奔慶州。副使楊方亨，上章詳奏，乃逮問宗城，即以方亨充正使，加沈維敬神機營銜，充作副使。

方亨渡海授封，秀吉初頗禮待，拜跪受冊。嗣因朝鮮王只遣州判往賀，秀吉大怒，語維敬道：「我遵天朝約款，還他二子三大臣八道，今乃令小官來賀，辱敝邦呢？我與朝鮮誓不兩立，請為我還報天朝，速請天子處分朝鮮。」維敬慰諭百端，秀吉終未釋，遂留兵釜山，不肯撤還，所進表文，詞多潦草，鈐用圖書，仍不用明朝正朔。方亨馳還，委罪維敬，並石星前後手書，奏請御覽。神宗怒逮維敬，兼及石星，用邢玠為兵部尚書，總督薊、遼；授麻貴為備倭大將軍，經理朝鮮；命僉都御史楊鎬，出駐天津，嚴申警備。

188

於是和議決裂，倭行長清正等復入據南原、全州，進犯全羅、清尚各道，更逼王京。楊鎬率軍馳救，倭兵始退屯蔚山。蔚山雖不甚高峻，但緣山為城，頗踞險要。鎬會同邢玠、麻貴各軍，協定進取，分兵三路，合攻蔚山。倭傾寨出戰，明軍佯敗，誘他入伏，斬倭兵四百餘級，倭人大敗，奔據島山。島山在蔚山南，倭疊結三柵，堅壁固守。游擊陳寅，身先士卒，冒險躍登，連破二柵，更攻第三柵，勢將垂拔。偏楊鎬鳴金收軍，寅不得不退。看官知道楊鎬何故鳴金？據明史上載著，鎬與李如梅為故交，如梅也奉命赴軍，時尚未至，鎬欲留住三柵，令如梅奪寨建功，因此鳴金暫退。等到如梅馳至，倭兵已經完守，圍攻十日，竟不能拔。忽報倭行長清正，航海來援，鎬不及下令，率兵三千人殿後，死得一個不留。及鎬奔還王京，反與邢玠、麻貴等，詭詞報捷。參議主事丁應泰，入問善後計策，鎬反自詡戰功，惱得應泰性起，盡將敗狀列入奏牘，飛報明廷。神宗乃罷鎬聽勘，遣天津巡撫萬世德，繼鎬後任。邢玠復招募江南水兵，籌畫海運，為持久計。既而都督陳璘，以粵兵至，劉以川兵至，鄧子龍以江、浙兵至，水陸軍分為四路，各置大將，中路統帶李如梅，東路統帶麻貴，西路統帶劉，水路統帶陳璘，四路並進，直撲倭營。適值遼陽寇警，李如松出塞戰歿，朝旨調如梅往援，

第七十七回　救藩封猛攻平壤　破和議再戰島山

乃命董一元代任。

小子只有一支筆，不能並敘遼陽事，只好將朝鮮軍務，直敘下去。劉綎出西路，擊毀倭艦百餘艘，偏被倭行長潛師襲後，竟致腹背受敵，倉卒退師。陳璘亦棄舟遁還。兩路已敗。麻貴至蔚山，頗有斬獲，倭人棄寨誘敵，貴不知是計，攻入寨中，見是空壘，慌忙退出，伏兵四起，旗幟蔽空，幸喜腳生得長，路走得快，才能逃出重圍。董一元進拔晉州，長驅渡江，迭毀永春、昆陽二寨，並下泗州老倭營，游擊盧得功戰歿陣前。一元復移攻新寨，寨柵甚固。正在揮兵猛撲，不期營內火藥陡燃，煙焰沖天，倭兵乘勢殺來，游擊郝三聘、馬呈文先潰，一元禁遏不住，也只得奔還晉州。四路盡敗。有旨斬郝、馬兩人徇軍，董一元等各帶罪留任，立功自贖。諸將因連戰皆敗，統不免垂頭喪氣。遷延數月，忽報平秀吉病死，行長清正夜遁。那時陳璘、麻貴、劉綎、董一元等，又鼓勇出追，麻貴入島山西浦，殺了幾十名殘倭。陳璘督水師邀擊釜山，縱火毀敵舟數十，殺死倭將石蔓子，生擒倭黨平秀政、平正成，唯前鋒鄧子龍戰死。劉綎奪回曳橋砦，與陳璘水陸夾擊，斬獲無數，諸倭各無鬥志，統抱頭亂竄，奔入舟中，揚帆東去。自倭亂朝鮮七載，中國喪師數十萬，糜餉數百萬，迄無勝算。至平秀吉死，戰禍始息。小子有詩嘆道：

議封議剿兩無成，七載勞兵困戰爭。

假使豐臣夭假祚，明師何日罷東征？

倭亂已平，又有一番酬功的爵賞，容俟下回再詳。

世嘗謂中國外交，向無善策。夫外交豈真無策者？誤在相庸將駑，與所使之不得其人耳。日本平秀吉，雖若為一世雄，然入犯朝鮮，騷擾八道，非真如後世之志在拓地，不奪朝鮮不止也。李如松計復平壤，驟勝而驕，遂有碧蹄館之挫，是將之不得其人也可知。楊鎬輩挾私忌功，更不足道矣。石星身為尚書，一意主款，對於倭使小西飛，待遇如王公，未識外情，先喪國體，趙志皋、張位諸閣臣，又不聞有所建白，相臣如此，尚得謂有人乎？沈維敬以無賴子而銜皇命，李宗城以酒色徒而駕星軺，應對乏材，徒為外邦騰笑。幸倭人尚未進化，秀吉又復病終，得令勍敵盡還，藩封無恙，東禍得以暫息。否則與清季中東之役，相去無幾矣。觀於此而嘆明代外交之無人！

第七十七回　救藩封猛攻平壤　破和議再戰島山

第七十八回 虎將征蠻破巢誅逆　蠹魚食字決策建儲

卻說倭寇已退，諸軍告捷，明廷發帑金十萬犒師，敘功行賞，首陳璘，次劉，又次麻貴。陳、劉各擢為都督同知，麻貴升任右都督，邢玠晉封太子太保，予蔭一子。萬世德毫無戰功，至是亦同膺懋賞，加右副都御史，並予世蔭。董一元、楊鎬，俱復原職。唯沈維敬棄市，石星瘐死獄中，所俘平秀政、平正成等，解京磔死，傳首九邊，總算了事。其時泰寧衛酋炒花，屢寇遼東，互有殺傷。炒花為巴速亥從弟，巴速亥被李成梁擊斃，其子巴土兒，與炒花思復舊怨，數來侵邊，先後皆為李成梁擊斃，其子巴土兒代任，巴土兒、炒花等，且糾合土默特部，大舉入犯。一元伏兵鎮武堡，令總兵董一元，奮起搏擊，大破敵眾。巴土兒身中流矢，負創而逃，未幾斃命。炒花情贏卒誘敵深入，且嗾使青海酋火落赤、永邵卜等，相繼犯邊。幸甘肅參將達雲，伏兵要害，潛不甘休，

第七十八回　虎將征蠻破巢誅逆　蠹魚食字決策建儲

扼敵背，殺得青海部眾，十亡八九，當時稱為戰功第一。雲升總兵官，鎮守西陲，寇不敢犯。及李如松自東班師，言路交章詆劾，說他和親辱國，悉留中不報。會遼東總兵董一元調赴朝鮮，神宗特任如松繼任，如松感激主知，率輕騎出塞。適值土默特部眾內犯，便迎頭痛剿，斬殺過半；乘勝進逼，勢將搗入巢穴。那番眾四面來援，竟把如松困住。如松孤掌難鳴，餉盡援絕，活活的戰死沙場。總是驕愎之咎。有旨令李成梁鎮遼東。成梁素有威名，年已七十有六，蒞任後，仍與番人息戰互市，番人樂就羈縻，以此再鎮八年，遼左粗安。諸子究不逮乃父。

當朝鮮鏖戰時，播州宣慰使楊應龍，上書自效，願率五千人征倭。朝旨報可，應龍方率眾登程。會因倭人議和，中途截留，乃快快而返。看官！你道這應龍果有心報主麼？他的祖宗叫做楊端，曾在唐乾符年間，從征蠻夷，據有播州，稱臣中國。洪武初，其裔孫復遣使奉貢，太祖授為宣慰使。傳至應龍，明廷以邊境多事，不特功驕蹇，歷屆貴州巡撫葉夢熊及巡按陳效，迭奏應龍凶殘諸罪。應龍益肆無忌憚，擁兵嗜殺，所居宅第，侈飾龍鳳，擅用閹寺為使令。小妻田雌鳳，妖媚專寵，與正室張氏不和，帷闥中屢有譖言，應龍竟誣稱張氏賣姦，把她砍死，並殺妻母，屠妻家。殘忍已極。妻叔張時照，上書告變，葉夢熊請發兵往討，朝議

令川、黔會勘。應龍赴重慶對簿，坐法當斬，他願出二萬金贖罪。長官不允，乃請征倭自效。及中道罷兵，有旨特派都御史王繼光，巡撫四川，嚴提勘結。應龍似魚脫網，怎肯復來上鉤？至官軍一再往捕，免不得糾眾抗拒，殺死官軍多名。王繼光遂決意主剿，馳至重慶，與總兵劉承嗣參將郭成等，三道進兵，越婁山關，至白石口。應龍佯稱願降，暗中恰招集苗兵，襲破軍營。都司王之翰全隊皆覆。各路兵將，倉卒遁還。繼光遭此一挫，職位自然不固，當下奉旨奪官，改任譚繼恩為四川巡撫，且調兵部侍郎邢玠，總督貴州。玠檄重慶太守王士琦，前往宣諭，令應龍束身歸罪。應龍囚服郊迎，委罪部下黃元、阿羔、阿苗等十二人，一體縛獻，並願輸款四萬金，先出次子可棟為質，金到回贖。士琦乃還，黃元等梟首市曹。可棟羈留重慶，事不湊巧，竟生起病來，臥床數日，遂至畢命。士琦催繳贖款，應龍復語道：「我子尚得復活否？若我子復活，當如數輸金。」嗣是糾合諸苗，據險自守，焚劫草塘、餘慶二司，及興隆、都勻諸衛，進圍黃平、重安，戕官吏，戮軍民，姦淫擄掠，無所不為。適貴州巡撫一缺，改任江東之，東之令都司楊國柱，指揮李廷棟，率部兵三千，往剿應龍。到了飛練堡，應龍子朝棟，及弟兆龍等，率眾來爭。戰不數合，紛紛倒退。國柱等追至天邦囤，陷入絕地，被朝棟、

第七十八回　虎將征蠻破巢誅逆　蠹魚食字決策建儲

兆龍等，兩翼包抄，左右猛擊，三千人不值一掃，霎時間殺得精光。國柱、廷棟等統行戰歿。江東之被譴奪職，代以郭子章。檄東征諸將劉、麻貴、陳璘、董一元，悉赴軍前。又特簡前四川巡按李化龍為兵部侍郎，總督川、湖、貴州三省軍務。應龍聞大兵將至，先糾眾八萬，入犯綦江。綦江城中，守兵不滿三千，哪裡敵得住叛眾？應龍督眾圍攻，繞城數匝，遍豎雲梯，南僕北登，西墜東上，參將房嘉寵自殺妻孥，與游擊張良賢，捨命防堵，終因眾寡不敵，巷戰身亡。應龍劫庫犒師，屠城示威，投屍蔽江而下，流水盡赤。既而退屯三溪，更結九股生苗，及黑腳苗等，倚為臂助。李化龍馳至重慶，偵得應龍五道並出，已攻破龍泉司，乃大集諸路兵馬，登壇誓師，分八路而進。共計川師四路，總兵劉，由綦江入，馬孔英由南川入，吳廣由合江入，副將曹希彬受廣節制，由永寧入。黔師三路，總兵董元鎮，出發烏江，參將朱鶴齡受元鎮節制，統宣慰使安疆臣，出發沙溪，總兵李應祥，出發興隆。楚師一路，分作兩翼，由總兵陳璘統轄，陳良玭為副。十成之三為官兵，十成之七為土司。化龍自將中軍，分頭策應。又檄貴州巡撫郭子章屯駐貴陽，湖廣巡撫支可大，移節沅州，扼守要區，防賊四逸。部署既定，劉師出綦江，進攻三峒，三峒皆峻嶺茂箐，夙稱奇險，賊首穆炤等踞險自固，被劉手執大刀，斬

196

關直入,依次破滅。應龍素聞劉威名,囑子朝棟簡選苗兵,從間道出擊,巧與軍相遇,大眾怒馬躍出,首先陷陣,一柄亮晃晃的大刀,盤旋飛舞,苗兵不是被砍,就是被傷,大眾抵擋不住,相顧驚走道:「劉大刀到了!劉大刀到了!」朝棟尚不知厲害,執戈來戰,由劉大叱一聲,已嚇得腳忙手亂,慌忙擲去了戈,赤手逃命。大殺一陣,苗眾多斃,乘勝拔朝棟手中的戈頭,已被斫缺,說時遲,那時快,刀起戈迎,砉的一聲,火光亂迸,桑木關、烏江關、河渡關、奪天邦諸囤,殺入婁山關,駐軍白石。應龍情急萬分,決率諸苗死戰,潛令悍將楊珠,抄出後山,襲背後。都司王芬戰死,大呼突陣,擊退應龍,另遣游擊周敦吉,守備周以德,殺退楊珠,追奔至養馬城。巧值馬孔英自南州殺到,曹希彬自永寧攻入,會師並進,大破海雲囤,直逼海龍囤。海龍囤為賊巢穴,高可矗天,飛鳥騰猿,不能踰越。三道雄師,壓囤為營,急切未能下手。已而陳璘破青蛇囤;安疆臣奪落濛關,吳廣從崖門關搗入,營水牛塘,連戰敗敵,截住賊巢樵汲諸路,於是應龍大窘,與子朝棟相抱大哭,一面上囤死守,一面遣使詐降。總督李化龍,斬使焚書,飭諸道兵速集囤下,限日破巢。當下八路大兵,一時並至,築起長圍,更番迭攻。敘得燁燁有光。會化龍聞父喪,疏乞守制,詔令墨絰從事。化龍歡粥草檄,督戰益急,且授計馬孔英,令從囤後併力攻入。應龍所恃,以楊珠為最,珠恃勇出戰,為炮擊斃,賊眾益

第七十八回　虎將征蠻破巢誅逆　蠹魚食字決策建儲

懼。適天大霖雨，數日不晴，將士往來泥淖，猛撲險囤，甚以為苦。一日，天忽開霽，劉奮踴躍上，攻克土城，應龍散金懸賞，募死士拒戰，無一應命，乃提刀巡壘，俄見火光燭天，官軍四面登囤，遂退語家屬道：「我不能再顧汝輩了。」遂挈愛妾二人，闔室自經。大兵入囤搜剿，獲應龍屍，露布奏聞，生擒朝棟、兆龍等百餘人，並應龍妾田雌鳳。為渠啟釁，渠何不速死？總督化龍，詔磔應龍屍，戮朝棟、兆龍等於市，分播地為遵義、平越二府。遵義屬蜀，平越屬黔。劉大刀敘功稱最，奏凱還師。播州事了。

外事稍稍平靜，朝內爭論國本的問題，又復進行。先是萬曆二十一年，王錫爵復邀內召，既入朝，仍密請建立東宮，昭踐大信。神宗手詔報答，略云：「朕雖有今春冊立的旨意，但昨讀皇明祖訓，立嫡不立庶，皇后年齡尚輕，倘得生子，如何處置？現擬將元子與兩弟，並封為王，再待數年，後果無出，才行冊立未遲。」原來王恭妃生子常洛，鄭貴妃生子常洵，周端妃復生子常浩，所以有三王並封的手諭。錫爵想出一條權宜的計策，欲令皇后撫育元子，援引漢明帝馬后，唐玄宗王后，宋真宗劉后，取養宮人子故事，作為立儲的預備。議雖未當，不可謂非煞費苦心。神宗不從，仍欲實行前諭，飭有司具儀，頓時盈大嘩。禮部尚書羅萬化，給事中史孟麟等，詣錫爵力爭。錫爵道：

「並封意全出上裁，諸公奈何罪我？」工部郎中嶽元聲，時亦在座，起對錫爵道：「閣下

198

未嘗疏請並封,奈何誤引親王入繼故例,作為儲宮待嫡的主張。須知中宮有子,元子自當避位,何嫌何疑?今乃欲以將來難期的幸事,阻現在已成的詔命,豈非公爭論不力麼?」這一番話,說得錫爵啞口無言,不得已邀同趙志皋、張位等,聯銜上疏,請追還前詔。神宗仍然不允。已而諫疏迭陳,錫爵又自劾求罷,乃奉旨追寢前命,一律停封。未幾錫爵又申請豫教元子,於是令皇長子出閣講學,輔臣侍班。侍臣六人侍講,俱如東宮舊儀。

越年,錫爵又乞歸,特命禮部尚書陳於陛,南京禮部尚書沈一貫,入參閣務。於陛入閣,與趙志皋、張位等,誼屬同年,甚相投契,怎奈神宗深居拒諫,上下相蒙,就是終日入直,也無從見帝一面,密陳國政。當時京師地震,淮水泛決,湖廣、福建大饑,甚至乾清、坤寧兩宮,猝然被火,仁聖皇太后陳氏又崩(陳皇后崩逝,就此敘過)。天災人患,相逼而來,神宗全然不省,且遣中官四處開礦,累掘不得,勒民償費;富家巨族,誣他盜礦;良田美宅,指為下有礦脈,兵役圍捕,辱及婦女。開礦本屬不利,而舉行不善,弊至於此。連民間米鹽雞豕,統令輸稅。直是死要,毫無法度。全國百姓,痛苦得了不得。於陛日夕憂思,屢請面對,終不見報。乞罷亦不許,遂以積憂成疾,奄奄至斃。張位曾密薦楊鎬,鎬東征喪師,位亦坐譴,奪職

第七十八回　虎將征蠻破巢誅逆　蠹魚食字決策建儲

閒住。趙志皋亦得病而終，另用前禮部尚書沈鯉、朱賡入閣辦事，以沈一貫為首輔。唯是建儲大事，始終未定。鄭貴妃專寵如故，王皇后又多疾病，宮中允黃輝，為皇長子講官，從內侍不諱，貴妃必正位中宮，其子常洵，當然立為太子。中允黃輝，為皇長子講官，從內侍察悉情形，私語給事中王德完道：「這是國家大政，恐旦夕必有內變。如果事體變更，將來傳載史冊，必說是朝廷無人了。公負有言責，豈可不說？」德完稱善，即屬黃輝具草，列名奏上。神宗覽奏，震怒非常，立將德完下獄，用刑拷訊。尚書李戴、御史周盤等，連疏論救，均遭切責。輔臣沈一貫，方因病請假，聞了此事，忙為奏請。神宗意尚未懌，命廷杖德完百下，削籍歸田，復傳諭廷臣道：「諸臣為德完解免，便是阿黨，若為皇長子一人，慎無瀆擾，來年自當冊立了。」無非是空言搪塞。

會刑部侍郎呂坤，撰有《閨範圖說》，太監陳矩，購入禁中，神宗也不遑披閱，竟擱置鄭貴妃宮中。妃兄國泰，重為增刊，首列漢明德馬后，最後把妹子姓氏，亦刊入在內。鄭貴妃親自撰序，內有「儲位久懸，曾脫簪待罪，請立元子，今已出閣講學，藉解眾疑」等語。欺人耶，欺己耶？這書傳出宮禁，給事中戴士衡，陽劾呂坤，暗斥貴妃。還有全椒知縣樊士衡，竟大著膽糾彈宮掖，至有「皇上不慈，皇長子不孝，皇貴妃不智」數語。神宗卻尚未動怒。想是未曾看明。鄭貴妃偏先已

200

含酸,淒淒楚楚的泣訴帝前。神宗正欲加罪二人,忽由鄭國泰呈入《憂危竑議》一書,書中系問答體,託名朱東吉,駁斥呂坤原著,大旨言《閨範圖說》中,首載明德馬后,明明是借諛鄭貴妃。馬后由宮人進位中宮,鄭貴妃亦將援例。貴妃重刊此書,實預為奪嫡地步。神宗略略覽過,便欲查究朱東吉系是何人,經國泰等反覆推究,謂東吉即指東朝,書名《憂危竑議》,實因呂坤嘗有憂危一疏,藉此肆譏。大約這書由來,定出二衡手著。頓時惱動神宗,將二衡謫戍極邊,就此了案。

到了萬曆二十八年,皇長子常洛,年將二十。廷臣又請先冊立,再行冠婚各禮。鄭國泰請先冠婚,然後冊立。神宗一概不睬。越年,閣臣沈一貫,復力陳冊儲冠婚,事在必行。神宗尚在遲疑,鄭貴妃復執盒為證,堅求如約。經神宗取過玉盒,摩挲一回,復揭去封記,發盒啟視,但見前賜誓書,已被蠹魚蛀得七洞八穿,最可異的,是巧巧把常洵二字,齧得一筆不留,不禁悚然道:「天命有歸,朕也不能違天了。」這語一出,鄭貴妃料知變局,嗔怨齊生,神宗慰諭不從,只在地上亂滾,信口誣謗,好像一個潑辣婦。那時神宗忍耐不住,大踏步趨出西宮,竟召沈一貫入內草詔,立常洛為皇太子。一貫立刻草就,頒發禮部,即日舉行。越宿,又有旨令改期冊立。一貫封還諭旨,力言不可,乃於二十九年十月望日,行立儲禮。小子有詩詠道:

第七十八回　虎將征蠻破巢誅逆　蠹魚食字決策建儲

諫草頻陳為立儲，深宮奈已有盟書。堪嗟當日諸良佐，不及重緘一蠹魚。

立儲已定，冠婚相繼，其餘諸王，亦俱授封，欲知詳細，請看下回。

本回前敘外亂，後及內政，兩不相涉，全屬隨時順敘文字。然應龍之叛，為寵妾田雌鳳而起，神宗之阻議立儲，亦無非為一鄭貴妃耳，於絕不相蒙之中，見得禍敗之由，多緣內嬖。應龍嬖妾而致殺身，一土官尚且如此，況有國有天下者，顧可溺情床第，自紊長幼耶？迨至蠹魚食字，始決立皇長子為皇太子，天意尚未欲亂明，因假蟲嚙以儆之。不然，玉盒之緘封甚固，蠹何從入乎？或謂出自史家之附會，恐未必然。

202

第七十九回
獲妖書沈一貫生風　遣福王葉向高主議

卻說皇長子常洛，既立為皇太子，遂續封諸子常洵為福王，常浩為瑞王，還有李貴妃生子常潤、常瀛，亦均冊封。潤封惠王，瀛封桂王，即日詔告天下，皇太子申行冠禮。次年正月，並為太子冊妃郭氏。婚禮甫畢，廷臣方入朝慶賀，忽有中旨傳出，聖躬不豫，召諸大臣至仁德門聽詔。及大臣趨列仁德門，又見宮監出來，獨召沈一貫入內。一貫隨入啟祥宮，直抵後殿西暖閣，但見神宗冠服如常，席地踞坐。李太后立在帝右，太子諸王跪著帝前，不由的詫異起來。當下按定了心，叩頭請安。神宗命他近前，愴然垂諭道：「朕陡遭疾病，恐將不起，自念承統三十年，尚無大過，唯礦稅各使，朕因宮殿未竣，權宜採取，今可與江南織造，江西陶器，俱止勿行。所遣內監，概令還京。法司釋久羈罪囚，建言得罪諸臣，令復原官。卿其勿忘！」言畢，即令左右扶掖就寢。一

203

第七十九回　獲妖書沈一貫生風　遣福王葉向高主議

貫復叩首趨出，擬旨以進。是夕閣臣九卿，均直宿朝房。漏至三鼓，中使捧諭出來，大略如面諭一貫等語。諸大臣期即奉行。待至天明，一貫正思入內取詔，不期有中使到來，說是帝疾已瘳，著追取前諭，請速繳還。一貫聞言，尚在沉吟，接連又有中使人，奉旨催索，不得已取出前諭，令他齎去。前曾封還諭旨，此時何不堅持？司禮太監王義，正在帝前力爭，說是王言已出，不應反汗。神宗置諸不理，適與一貫相遇，見中使已持著前諭，入內覆命，頓時氣憤已極，奮然趨出，馳入閣中，以涎唾面道：「好一位相公，膽小如鼷！」一貫尚茫無頭緒，瞠目不答。義又道：「礦稅各使，騷擾已甚，相公獨未聞麼？今幸得此機會，諭令撤除，若相公稍稍堅持，弊政立去，為什麼追取前諭，即令齎還呢？」不期太監中，也有此人，其名曰義，可謂不愧。一貫方才知過，唯唯謝罪。嗣是大臣言官，再請除弊，概不見答。

未幾楚宗事起，又鬧出一場獄案。楚王英，系太祖第六子楨七世孫，英歿後，遺腹宮人胡氏，孿生子華奎、華壁，一時議論紛紛，統言非胡氏所生。賴王妃力言無訛，事乃得寢。華奎襲爵，華壁亦得封宣化王。時已二十多年，偏有宗人華越，弟，系出異姓，罪實亂宗。奎系王妃兄王如言子，壁系妃族人王如家人王玉子。這疏呈入，沈一貫以襲封已久，不應構訟，囑通政司暫行擱置。嗣由華奎聞知，劾奏華越誣

告，乃一併呈入，詔下禮部查復。禮部侍郎郭正域，向系楚人，頗得傳聞，此時正署理尚書，遂請勘明虛實，再定罪案。俱復稱事無左證，誣告是實。一貫以親王不當行勘，但當體訪為是。正域不可，乃委撫按查訊。一貫以親王不當行勘，但當體訪為是。正域不可，乃委撫按查訊。俱復稱事無左證，誣告是實。怎奈華越妻系王如言女，硬出作證，咬定華奎為胞弟，幼時曾抱育楚宮。華越妻為夫卸罪，不得不爾。唯華越撥灰燃火，未免多事。廷議再令復勘，卒不能決。嗣由中旨傳出，略言楚王華奎，襲封已二十餘年，何故至今始發？且夫許妻證，情弊顯然，不足為據。華越坐誣奏罪，降為庶人，禁錮鳳陽。這旨一下，郭正域失了面子，自不消說。御史錢夢皋，又討好一貫，劾奏正域陷害親藩，應當處罪。正域亦許發一貫匿疏沮勘，且說一貫納華奎重賄，因此庇護等情。畢竟一貫勢大，正域勢小，蒼蠅撞不過石柱，竟將正域免官。

一案未了，一案又起，閣臣朱賡，在寓門外，拾得一書，取名《續憂危竑議》。書中措詞，假鄭福成為問答，系說：「帝立東宮，實出一時無奈，將來必有變更。現用朱賡為內閣，已見帝心。」朱賡閱罷，取示同僚，大家揣測一番，統說鄭福成三字，無非指鄭貴妃及福王，成字是當承大統，無容細剖。大家目為妖書，朱賡即呈入御覽。這等無稽讕言，寧值一辯，何必進呈御覽，釀成大獄。神宗怒甚，急勅有司大索奸人。看官聽說！自來匿名揭帖，只好置諸不理，將來自有敗露的日

第七十九回　獲妖書沈一貫生風　遣福王葉向高主議

子。若一經查辦，愈急愈慢，主名愈不易得了。斷征得妙。當日錦衣衛等，索捕多日，毫無影響。沈一貫方啣恨郭正域，且因同官沈鯉，素得士心，頗懷猜忌，當下與錢夢皋密商，囑他偽列證據，奏稱：「此次妖書，實出沈鯉、郭正域手筆。」夢皋遂遵囑照行。御史康丕揚，亦聯章迭上，不待下旨，便發兵往追郭正域。正域正整裝出都，乘舟至楊村，追兵已到，將正域坐舟，團團圍守，捕得正域家役十數人，到京拷訊。甚至正域所善醫生沈令譽，及僧達觀，琴士鍾澄，百戶劉相等，一同捕至，嚴刑雜治，終究不得實據。邏校且日至鯉宅搜查，脅逼不堪。幸皇太子素重正域，特遣左右往語閣臣，毋害郭侍郎。都察院溫純，代訟鯉冤，唐文獻、陶望齡，先後至沈一貫宅，為鯉解免，鯉方得安。正域在舟觀書，從容自若，或勸令自裁，免致受辱。想由一貫等囑託。正域慨然道：「大臣有罪，自當伏屍都市，怎得自經溝瀆呢？」靜待數日，還算未曾逮問。最後由錦衣衛卒，拿住順天生員皦生光。生光素行狡詐，往往脅取人財，不齒士類，曾有富商包繼志，慕他才學，屬令代纂詩集，刊入己名。生光恰預將自己的寫本，摻入五律一首，有「鄭主乘黃屋」五字。包繼志曉得什麼，自取禍戾？生光有意敲詐，總道是字字珠璣，即行付梓。詩集出版，生光恰預將自己的寫本，索回燒毀，一面密託好友，向繼志索詐，說他詩集中，有悖逆語，指出黃屋二字，謂是天子所居，鄭主

二字，是指鄭貴妃，及皇子常洵。若向當官出首，管教你殺身亡家。繼志到此，方知被生光侮弄，欲待分說，集中已明列己名，無從剖白，只好自認晦氣，出錢了結。生光又教書國泰，並將刻詩呈入，為恫嚇計。國泰本來膽小，情願輸財了事。無緣無故，被生光賺了兩次金銀。哪知失馬非禍，得馬非福，妖書一出，國泰疑出生光手，因將他一併拘至，到庭審訊。問官故意詰問道：「你莫非由郭正域主使麼？」生光瞋目道：「我何嘗作此書。但你等硬要誣我，我就一死便了。奈何教我迎合相公意旨，陷害郭侍郎？」生光雖是無賴，恰還知有直道。問官不便再訊，命將生光系獄，延宕不決。中官陳矩，方提督東廠事務，屢次提訊，不得要領，因與同僚計議，恐不得罪人，必遭主怒。或更輾轉扳累，釀成黨禍，不如就生光身上，了結此案。於是迭訊生光，屢用酷刑，打得生光體無完膚，昏暈數次。生光乃淒然嘆道：「朝廷得我一供，便好結案，否則牽藤摘蔓，糾纏不休，生光何惜一身，不替諸君求活。罷罷！我承認便了。應斬應磔，加罪凌遲，遂將生光磔死，妻子戍邊。沈鯉、郭正域與案內牽連等人，盡得免坐。其實妖書由處斷。」倒還直爽。陳矩乃將生光移交刑部，按罪議斬。神宗以生光謀危社稷，應斬應磔，盡聽摘來，實出武英殿中書舍人趙士楨手筆。士楨逍遙法外，至後來病篤，喃喃自語，和盤說出，肉亦碎落如磔，大約為斃生光冤魂所附，特來索命，也未可知。

第七十九回　獲妖書沈一貫生風　遣福王葉向高主議

話分兩頭，且說皇長子常洛，得立儲嗣，生母王氏，仍未加封。王妃寂居幽宮，終歲未見帝面，免不得自嘆寂寥，流淚度日，漸漸的雙目失明，不能視物。至萬曆三十四年，皇太子選侍王氏，生子由校，為神宗長孫。明制太子女侍，有淑女選侍才人等名號，王選侍得生此子，神宗自然心愜，即上慈聖太后徽號，並晉封王恭妃為貴妃。義上雖是加封，情分上仍然失寵，就是母子相關，也不能時常進謁。看官！你想婦女善懷，如何耐得過去？光陰易過，愁裡銷磨，自然懨懨成疾，漸致不起。子為太子，母猶如此，可為薄命人一嘆。皇太子聞母病劇，請旨往省，不料宮門尚鍵，深鎖不開。當下覓鑰啟鎖，拱門而入，但見母妃慘臥榻上，面目憔悴，言語支離，睹此情形，寸心如割，免不得大慟起來。我聞此，亦幾墮淚。可煞作怪，王貴妃聞聲醒悟，便用手撩住太子衣服，嗚咽道：「你便是我兒麼？」太子淒聲稱是。貴妃復以手摩頂，半晌方道：「我兒我兒，做孃的一生困苦，只剩你一些骨血。」言至此又復噎住。那時皇太子撲倒母懷，熱淚滔滔，流個不止。貴妃復哽咽道：「我兒長大如此，我死亦無恨了。」說至恨字，已是氣喘吁吁，霎時間瞖目重翻，痰噎喉中，張著口再欲有言，已是不能成聲，轉瞬間即氣絕而逝。刻意描摹，實恨神宗薄倖。太子哭踴再三，淚盡繼血。還是神宗召他入內，好言勸慰，方才節哀。

是時沈一貫、沈鯉，因彼此未協，同時致仕，續用於慎行、李廷機、葉向高三人，為東閣大學士，獨秉國鈞，與朱賡同辦閣務。慎行受職才十日，即報病歿，賡亦繼卒，廷機被劾罷官，只葉向高獨秉國鈞，上言：「太子母妃薨逝，禮應從厚。」折上不報。重複上疏，乃得允議，予諡溫肅端靖懿純皇貴妃，葬天壽山。鄭貴妃以王妃已死，尚思奪嫡，福王如故。常洵婚娶時，排場闊綽，花費金錢，多至三十萬。又在洛陽相地，建築王邸，百堵皆興，無異宮闕，用款至二十八萬金，十倍常制。且在崇文門外，開設官店數十家，售賣各般物品，與民爭利，所得贏餘，專供福邸歲用。一切起居，似較皇太子常洛，更勝數籌。及洛陽府第，業已竣工，葉向高等奏請福王就邸，得旨俟明春舉行，時已在萬曆四十年冬季。轉眼間已是新春，禮部授詔申請，留中不報。到了初夏，兵部尚書王象乾，又誠誠懇懇的奏了一本，只說是親王就國，祖制在春，今已逾期，且待來年遣發云云。溺愛不明，未幾，又由內廷傳出消息，福王就藩，須給莊田四萬頃，盈廷大駭。向例親王就國，除歲祿外，量給草場牧地，或請及廢壞河灘，最多不過數千頃。唯景王載圳，（即世宗子，見六十九回）。就封德安，楚地本多閒田，悉數賞給。又由載圳自行侵占，得田不下四萬頃，不期福王亦欲援例，奏請照行。當由葉向高

第七十九回　獲妖書沈一貫生風　遣福王葉向高主議

抗疏諫阻道：

福王之國，奉旨於明春舉行，頃復以莊田四萬頃，責撫按籌備，如必俟田頃足而後行，則之國何日。聖諭明春舉行，亦寧可必哉？福王奏稱祖制，謂祖訓有之乎？會典有之乎？累朝之功令有之乎？王所引祖制，抑何指也。如援景府，則自景府以前，莊田並未出數千頃外，獨景府逾制，皇祖一時失聽，至今追咎，王奈何尤而效之？自古開國承家，必循理安分，始為可久。鄭莊愛太叔段，為請大邑，漢竇后愛梁孝王，封以大國，皆及身而敗，此不可不戒也。臣不勝忠愛之念，用敢披膽直陳！

這疏上後，批答下來，略云：「莊田自有成例，且今大分已定，尚有何疑？」向高又以：「東宮輟學，已歷八年，且久已不奉天顏，獨福王一日兩見。以故不能無疑，但願皇上堅守明春信約，無以莊田藉口，疑將自釋」等語。看官不必細猜，便可知種種宕約，無非是鄭貴妃一人暗地設法，牽制神宗。可巧被李太后聞知，宣召鄭貴妃至慈寧宮，問福王何不就國？鄭貴妃叩頭答道：「聖母來年壽誕，應令洵與祝，是以遲遲不行。」狡哉貴妃，巧言如簧。太后面色轉怒道：「你也可謂善辯了。我子潞王，就藩衛輝，試問可來祝壽麼？」以矛刺盾，李太后可謂嚴明。鄭貴妃碰了這個大釘子，只好唯

210

唯而退。

既而錦衣衛百戶王曰乾，訐奏奸人孔學、王三詔，結連鄭貴妃、內侍姜嚴山等，詛咒皇太子，並用木刻太后皇上肖像，用釘戳目，意圖謀逆。並約趙思聖東宮侍衛，帶刀行刺等情。這奏非同小可，瞧入神宗目中，不由的震怒異常，即欲將原疏發交刑部，徹底究治。向高得悉，忙上密揭道：

王曰乾、孔學，皆京師無賴，禱張至此，大類往年妖書，但妖書匿名難詰，今兩造俱在法司，其情立見。皇上靜以處之，勿為所動，動則滋擾。臣意請將乾疏留中，別諭法司治諸奸人罪。且速定福王明春之國期，以息群喙，則奸謀無由逞，而事可立寢矣。

神宗覽到此揭，意乃稍解，久之概置不問。太子遣使取閣揭，向高道：「皇上既不願窮究，殿下亦無須更問了。」向高力持大體。去使還報皇太子，太子點首無言。尋御史以他事參王曰乾，系置獄中，事遂消釋。神宗乃詔禮部，准於萬曆四十二年，飭福王就藩。翌年二月，李太后崩逝，宮廷內外，相率銜哀。鄭貴妃尚欲留住福王，慫恿神宗，下諭改期，經向高封還手勅，再三力諫，不得已准期遣行。啟程前一夕，鄭貴妃母

第七十九回　獲妖書沈一貫生風　遣福王葉向高主議

子相對，足足哭了一夜。翌晨福王辭行，神宗亦戀戀不捨，握手叮囑。及福王已出宮門，尚召還數四，與約三歲一朝，賜給莊田二萬頃。中州素乏腴田，別取山東、湖廣田畝，湊足此數。又畀淮鹽千三百引，令得設店專賣。福王意尚未足，又奏乞故大學士張居正所沒家產，及江都至太平沿江獲洲雜稅，並四川鹽井榷茶銀。多財自殖，必至召殃，後來為流賊所戕，已兆於此。神宗自然照允，且每常懷念不置。

那皇太子常洛，居住慈慶宮，非奉召不得進見，因此父子二人，仍然隔絕。越年五月，忽有一莽漢狀似瘋魔，短衣窄褲，手持棗木棍一根，闖入慈慶宮門，逢人便擊，打倒了好幾個宮監，大踏步趨至殿簷下。宮中呼喝聲，號救聲，擾成一片，虧得內官韓本用，帶領眾役，把他拿住。正是：

妖孽都從人事起，狂徒忽向副宮來。

未知此人為誰，且俟下回表明。

妖書之發現，巫蠱之訐發，以及梃擊之突乘，何一非由鄭妃母子所致。鄭貴妃不得專寵，福王常洵當然無奪嫡思想，風恬浪靜，諸案何由發生？然後知並後匹嫡，實為亂本，古語信不誣也。沈一貫力請立儲，始頗秉正，乃以楚宗一案，啣恨郭正域，遂欲借

妖書以報私仇，甚且牽累沈鯉。天下無論何人，一涉私念，便昧公理，沈一貫其前鑑也。皦生光磔死而郭、沈脫罪，實為大幸。厥後王曰乾之訐奏，事涉虛無。其時幸一貫去位，葉向高進為首輔，奏請靜處，大禍乃消。否則比妖書一案，當更煩擾矣。要之專制時代，責在君相，君相明良，國家自治。有相無君，尚可支持，君既昏庸，相亦貪私，鮮有不亂且亡者也。稽古者可知所鑑矣！

第七十九回　獲妖書沈一貫生風　遣福王葉向高主議

第八十回 審張差宮中析疑案　任楊鎬塞外覆全軍

卻說內官韓本用等，既拿住莽漢，即縛付東華門守衛，由指揮朱雄收禁。越宿，皇太子據實奏聞，當命巡城御史劉廷元，秉公訊鞫。廷元提出要犯，當場審問。那罪犯自供系薊州人，姓張名差。兩語以外，語言顛倒，無從究詰。廷元看他語似瘋癲，貌實狡猾，再三誘供，他總是信口亂言，什麼吃齋，什麼討封，至問答了數小時，仍無實供，惹得廷元討厭起來，立即退堂，奏請簡員另審。乃再命刑部郎中胡士相、嶽駿聲等覆審，張差似覺清楚，供稱：「被李自強、李萬倉等，燒我柴草，氣憤已極，意欲叩閽聲冤，特於四月中來京，從東走入，不識門徑，改往西走，遇著男子二人，畀我棗木棍一條，謂執此可作冤狀，一時瘋迷，闖入宮門，打傷守門官，走入前殿，被擒是實。」仍是模糊惝怳之談。士相等以未得要領，難下斷詞，仍照廷元前奏，復旨了事。當時葉向高

215

第八十回　審張差宮中析疑案　任楊鎬塞外覆全軍

因言多未用，引疾告歸，改用方從哲、吳道南為閣臣，資望尚輕，不敢生議。但與刑部商議，擬依宮殿前射箭放彈投石傷人律，加等立斬。草奏未上，會提牢主事王之寀，散飯獄中，私詰張差。差初不肯承，嗣復云不敢說明。之寀麾去左右，但留二吏細問。差乃自稱：「小名張五兒。父名張義，已經病故。近有馬三舅、李外父，叫我不知姓名的老公公，依他行事，並約事成當給我田地。」我跟他到京，入一大宅，復來一老公公，請我吃飯，並囑咐我道：「你先衝一遭，撞著一個，打殺一個，殺人不妨，我等自能救你。飯罷後，遂導領我由厚載門，入慈慶宮，為守門所阻，被我擊傷。後因老公公甚多，遂被縛住了。」之寀知老公公三字，系是太監的通稱，復問馬三舅、李外父名字，及所入大宅的住處。差又答非所問。且云：「小爺福大，就是柏木棍琉璃棍等，也無從下手，何況這棗木棍呢？」之寀問了數次，總無實供，乃出獄錄詞，因侍郎張達以聞。並云：「差不癲不狂，有心有膽。懼以刑罰不招，示以神明仍不招，啜以飲食，欲語又默。但語中已涉疑似，乞皇上御殿親審，或勅九卿科道三法司會審，自有水落石出的一日。」

戶部郎中陸大受，復連疏請亟訊斷，均留中不報。無非顧及鄭貴妃。

庭訓乃移文薊州，蒐集證據，具言：「鄭貴妃遣宮監至薊，建造佛寺，宮監置陶造甓，土人多鬻薪得利。差亦賣田貿薪，為牟利計，不意為土人所

忌，縱火焚薪。差向宮監訴冤，反為宮監所責，自念產破薪焚，不勝憤懣，激成瘋狂，因欲上告御狀，這是張差到京緣由。」廷臣覽到此文，均說差實瘋癲，便可定案。照此定案，便省無數枝節。員外郎陸夢龍，入告侍郎張達，謂事關重大，不應模糊了案，乃再令十三司會鞫。差供詞如故。夢龍獨設詞勸誘，給與紙筆，命繪入宮路徑，並所遇諸人姓名，一得要領，許他免罪，且准償還焚薪。張差信為真言，喜出望外，遂寫明：「馬三舅名三道，李外父名守才，同住薊州井兒峪。前云不知姓名的老公公，實是修鐵瓦殿的龐保，不知街道的住宅，實是朝外大宅的劉成。三舅、外父，常到龐保處送灰，龐、劉兩人，在玉皇殿前商量，與我三舅、外父，逼我打上宮中。若能打得小爺，吃也有了，穿也有了，還有姊夫孔道，也這般說。」寫畢數語，復隨筆縱橫，略畫出入路徑，當即呈上。夢龍瞧畢，遞示諸司道：「案情已露，一俟案犯到齊，便可分曉。」我說他也是未嘗瘋癲呢。」便佯慰張差數語，令還繫獄中，即日行文到薊州，提解馬三道等。一面疏請法司，提龐保、劉成對質。龐、劉均鄭貴妃內侍，這次由張差供出，饒你鄭貴妃能言舌辯，也洗不淨這連帶關係。就是妃兄鄭國泰，也被捏做一團糟，擔著了無數斤兩。我為貴妃兄妹捏一把汗。國泰大懼，忙出揭白誣。給事中何士晉，直攻國泰，且侵貴妃，疏詞有云：

217

第八十回　審張差宮中析疑案　任楊鎬塞外覆全軍

罪犯張差，挺擊青宮，皇上令法司審問，原止欲追究主使姓名，大宅下落，並未直指國泰主謀。此時張差之口供未具，刑曹之勘疏未成，國泰豈不能從容少待？輒爾具揭張皇，人遂不能無疑。若欲釋疑計，唯明告貴妃，力求皇上速令保、成下吏考訊，如供有國泰主謀，是大逆罪人，臣等執法討賊，不但貴妃不能庇，即皇上亦不能庇。設與國泰無干，臣請與國泰約，令國泰自具一疏，告之皇上，嗣後凡皇太子皇長孫一切起居，俱由國泰保護。稍有疏虞，即便坐罪，則人心帖服，永無他言。若今日畏各犯招舉，一唯熒惑聖聰，久稽廷訊，或潛散黨羽，使之遠遁，或陰斃張差，以冀滅口，則國泰之罪不容誅，寧止生疑已耶？臣願皇上保全國泰，尤願國泰自為保全，用敢直陳無隱，幸乞鑑察！

先是巫蠱一案，詞已連及鄭貴妃內侍，至是神宗覽到此疏，不禁心動，便搶步至貴妃宮中。當由貴妃迎駕，見帝怒容滿面，已是忐忑不定，嗣經神宗袖出一疏，擲示貴妃，貴妃不瞧猶可，瞧著數行，急得玉容慘澹，珠淚雙垂，忙向駕前跪下，對泣對訴。神宗唏噓道：「廷議洶洶，朕也不便替你解免，你自去求太子便了。」言畢自去。貴妃忙到慈慶宮，去見太子，向他哭訴，表明心跡，甚至屈膝拜倒。太子亦慌忙答禮，自任調護。貴妃方起身還宮。太子即啟奏神宗，請速令法司具獄，勿再株連。於

218

是神宗親率太子皇孫等，至慈寧宮，召閣臣方從哲、吳道南及文武諸臣入內，大眾黑壓壓的跪滿一地。神宗乃宣諭道：「朕自聖母升遐，哀痛無已，今春以來，足膝無力，每遇節次朔望忌辰，猶必親到慈寧宮，至聖母座前行禮，不敢懈怠。近忽有瘋子張差，闖入東宮傷人，外廷遂有許多蜚議。爾等誰無父子，乃欲離間朕躬麼？」說至此，又復執太子道：「此兒極孝，朕極愛惜。」言未已，忽聞有人發聲道：「皇上慈愛，皇太子極仁孝，無非一意將順罷了。」神宗聽不甚悉，問系何人發言，左右奏道：「是御史劉光復。」神宗變色道：「什麼將順不將順？」光復猶大言不止，此人亦似近狂。惱得神宗性起，喝稱錦衣衛何在！三呼不應，遂令左右將光復縛住，梃杖交下。神宗又喝道：「不得亂毆，但押令朝房候旨！」左右押光復去訖。方從哲等叩頭道：「小臣無知亂言，望霽天威！」神宗怒容稍斂，徐徐諭道：「太子年已鼎盛，假使朕有他意，何不早行變置，今日尚有何疑？且福王已就藩，去此約數千里，若非宣召，他豈能飛至麼？況太子已有三男，今俱到此，爾等盡可視明！」隨命內侍引三皇孫至石級上，令諸臣審視道：「朕諸孫均已長成，尚有何說？」（三皇孫從此處敘出）。復顧問太子道：「爾有何語，今日可對諸臣盡言。」太子道：「似此瘋癲的張差，正法便了，何必株連？外廷不察，疑我父子，爾等寧忍無君？本宮何敢無父？況我父子何等親愛，爾等何心，必欲令我為不

第八十回　審張差宮中析疑案　任楊鎬塞外覆全軍

孝子麼？」神宗待太子言畢，復諭群臣道：「太子所說，爾等均已聽見否？」群臣齊稱領誨，隨命大眾退班，乃相率叩謝而出。隔了數日，罪案已定，張差磔死，馬三才等遠流，李自強、李萬倉，答責了案。嗣將龐保、劉成，杖斃內廷。王之寀為科臣徐紹吉等所劾，削職為民。何士晉外調，陸大受奪官，張達奪俸，劉光復拘繫獄中，久乃得釋。仍是祖護鄭貴妃。唯夢龍獨免。總計神宗久居深宮，不見百官，已是二十五年，此番總算朝見群臣，藉釋眾疑，這也不必細說。

越年，為萬曆四十四年，清太祖努爾哈赤，崛興滿洲，建元天命，後來大明國祚，便被那努爾哈赤的子孫，唾手奪去，這真是明朝史上，一大關鍵呢。為此特筆提明，隱寓凍水紫陽書法。相傳努爾哈赤的遠祖，便是金邦遺裔。金邦被蒙古滅亡，尚有遺族逃奔東北，伏處長白山下。清室史官，頌揚神聖，說有天女下降，共浴池中，長名恩古倫，次名正古倫，幼名佛庫倫。會有神鵲銜一朱果，墮在佛庫倫衣上，佛庫倫取來就吃，竟致成孕，十月滿足，生下一男，取名布庫哩雍順，姓愛新覺羅氏（愛新與金字同音，覺羅猶言姓氏，詳見《清史通俗演義》）。養了數年，漸漸長成。他用柳條編成一筏，乘筏渡河，流至一村，村中只有三姓，方在構釁，見有一人漂至，驚為異人，迎他至村，願奉為主子，相率罷兵。巧有村中老丈，愛他俊偉，配以愛女伯哩，他便安心居

220

住，部勒村民，成一堡寨，號為鄂多哩城。自是子孫相繼，傳至孟特穆，漸漸西略，移住赫圖阿拉地（赫圖阿拉即後來奉天省的興京）。孟特穆四世孫，名叫福滿，福滿有六子，第四子覺昌安，纘承基緒，環衛赫圖阿拉城，統名寧古塔貝勒。覺昌安又生數子，第四子塔克世，即努爾哈赤父親，努爾哈赤天表非常，勇略蓋世。時明總兵李成梁鎮守遼東，與圖倫城尼堪外蘭，合兵攻古埒城。古埒城主阿太章京的妻室，便是覺昌安的女孫，努爾哈赤的從姊。覺昌安恐女孫被陷，偕塔克世率兵往援，協守城池。成梁不能克，尼堪外蘭詭往招撫，城中人為所煽惑，開門迎降。阿太章京及覺昌安父子，竟死於亂軍中。敘述源流，簡而能賅。努爾哈赤年方二十有五，聞祖父被害，大哭一場，誓報大仇，乃檢得遺甲十五副，往攻尼堪外蘭。尼堪外蘭屢戰屢敗，屢敗屢走，及逃入明邊，努爾哈赤遂致書明朝邊吏，請歸還祖父喪，及拿交尼堪外蘭。明邊吏轉達明廷，明神宗方承大統，不欲鏖兵，便許歸覺昌安父子棺木，並封努爾哈赤為建州衛都督，加龍虎將軍職銜。努爾哈赤北面受封，只因尼堪外蘭未曾交到，仍遣差官往索。明邊吏也得休便休，索性拿住尼堪外蘭，交給與他。他斬了仇人，才與明朝通好，歲輸方物，可見努爾哈赤原是明朝臣子。一面招兵買馬，拓地圖強。

其時遼東海濱，共分四部，一名滿洲部（爾哈赤實興於此），一名長白山部，一名

第八十回　審張差宮中析疑案　任楊鎬塞外覆全軍

東海部，一名扈倫部。扈倫部又分為四，首葉赫，次哈達，次輝發，次烏拉。葉赫主聞努爾哈赤崛興滿洲，料他具有大志，意欲趁早翦除，遂糾合哈達、輝發、烏拉三部，並及長白山下的珠舍哩、納殷二部，又去聯繫蒙古的科爾沁、錫伯、卦勒察三部，共得三萬餘人，來攻滿洲。哪知努爾哈赤厲害得很，一場戰爭，被他殺得七零八落，大敗虧輸。各部陸續降順努爾哈赤。努爾哈赤心甚平，就背了明朝，自做滿洲皇帝，築殿立廟，創設八旗制度，屏去萬曆正朔，獨稱天命元年（作者雖著有《清史演義》詳述無遺，然此處亦不能盡行略過，故挈綱如上）。過了二載，努爾哈赤竟決計攻明，書七大恨告天（詳見《清史演義》），集兵二萬，直趨撫順。降守將李永芳，擊死援將張承蔭、頗廷相、蒲世芳等人，遼東大震。

大學士方從哲，保薦了一個人材，稱他熟悉邊情，可任遼事。看官道是何人？便是前征朝鮮，諱敗為勝的楊鎬。楊鎬姓名上，加了八字頭銜，已見保舉非人。神宗遂起鎬為兵部尚書，賜他尚方寶劍，往任遼東經略。鎬到了遼東，滿洲兵已克清河堡，守將鄒儲賢、張旆戰死，副將陳大道、高鉉逃回。鎬請出尚方劍，將兩逃將斬首示眾，新硎立試，威風可知。隨即四處傳檄，令遠近將士，趕緊援遼，自己恰按兵不動。次年

222

新春，蚩尤旗出現天空，光芒閃閃，長可竟天。都下人士，料有兵禍。偏大學士方從哲，與兵部尚書黃嘉言等，迭發紅旗，催鎬進兵。鎬不得已統兵出塞，幸四處已到了許多兵馬，葉赫、朝鮮也各來了二萬人。當下派作四路，分頭前進。中路分左右兩翼，左翼兵委山海關總兵杜松統帶，從渾河出撫順關，右翼兵委遼東總兵李如柏統帶，從清河出鴉鶻關，開原總兵馬林，與葉赫兵合，從開原出三岔口，稱左翼北路軍，遼陽總兵劉，與朝鮮兵合，從遼陽出寬甸口，稱右翼南路軍。四路兵共二十多萬，鎬卻虛張聲勢，號稱四十七萬，明是外強中乾。約於季春初吉，至滿洲境內東邊二道關會齊，進攻赫圖阿拉城。努爾哈赤亦傾國而來，湊足十萬雄師，抵敵明軍。楊鎬徐徐東進，每日間四遣偵騎，探聽各路消息，忽有流星馬報到，杜總兵至吉林崖，被滿洲伏兵夾擊，中箭身亡，全軍盡覆了。鎬大驚道：「有這等事麼？」未幾，又有敗報到來，馬總兵立都是三岔口，被滿洲兵乘高奮擊，大敗而回。僉事潘宗顏陣歿了。鎬越加惶懼，連坐都是劉、李兩軍，暗想兩路敗亡，餘兩路亦靠他不住，不如令他回軍為是。遲了。遂即發檄止劉、李兩軍。哪知李如柏最是沒用，甫抵虎欄關，聞山上有吹角聲，疑是滿洲兵殺來，不待檄到，已先逃歸。獨有大刀劉，深入三百里，連破三寨，直趨棟鄂路，被滿洲世子代善改作漢裝，混充杜松軍士，搗亂軍。不知杜軍已覆，遂中他詭計，一時措手不及，竟死

第八十回　審張差宮中析疑案　任楊鎬塞外覆全軍

敵手（前二路用虛寫，後二路用明寫，筆法矯變，唯證以《清史演義》，覺得此處尚是略敘）。葉赫兵傷亡大半，朝鮮兵多降滿洲，馬林奔還開原，又由滿洲兵殺到，出城戰歿，弄得楊鎬走投無路，只好沒命的跑回山海關。小子有詩嘆道：

不才何事令專征，二十萬軍一旦傾。
從此遼東無靜日，庸臣誤國罪非輕。

楊鎬到此，勢不能詭報勝仗，只好實陳敗狀。畢竟明廷如何下旨，且至下回再詳。

張差一案，是否由鄭貴妃暗遣，明史上未曾證實，例難臆斷。唯鄭貴妃之覬圖奪嫡，確有此情。內監龐、劉等，遂隱承意旨，欲假張差之一擊，以快私意，以徼大功，然則謂非釁自貴妃，不可得也。神宗始終惑於女蠱，故疑案疊出，不願深究，陽博寬大之名，陰濟帷房之寵，彼王之寀、何士晉、陸大受輩，得毋太好事乎？然內變尚可曲全，外患不堪大誤，楊鎬以偽報獲譴，乃猶聽方從哲之奏請，無端起用，欲以敵銳氣方張之滿洲太祖，幾何而不覆沒耶？明清興亡，關此一舉，作者雖已有《清史演義》別詳敘，而此處亦不肯略過，書法謹嚴，於此可見矣。

224

國家圖書館出版品預行編目資料

明史演義──從胡虜縱火至塞外敗亡 / 蔡東藩 著 . -- 第一版 . -- 臺北市 : 複刻文化事業有限公司 , 2024.08
面； 公分
POD 版
ISBN 978-626-7514-43-6(平裝)
857.456　113011835

明史演義──從胡虜縱火至塞外敗亡

作　　者：蔡東藩
發 行 人：黃振庭
出 版 者：複刻文化事業有限公司
發 行 者：複刻文化事業有限公司
E ‐ m a i l：sonbookservice@gmail.com
粉 絲 頁：https://www.facebook.com/sonbookss
網　　址：https://sonbook.net/
地　　址：台北市中正區重慶南路一段 61 號 8 樓
8F., No.61, Sec. 1, Chongqing S. Rd., Zhongzheng Dist., Taipei City 100, Taiwan
電　　話：(02) 2370-3310　　傳　　真：(02) 2388-1990
印　　刷：京峯數位服務有限公司
律師顧問：廣華律師事務所 張珮琦律師
定　　價：299 元
發行日期：2024 年 08 月第一版
◎本書以 POD 印製
Design Assets from Freepik.com